校园文化丛书

U0815770

北林那些树

北京林业大学党委宣传部 · 主编

中国林业出版社

图书在版编目（CIP）数据

北林那些树 / 北京林业大学党委宣传部主编. — 北京：
中国林业出版社, 2017.10
北京林业大学校园文化丛书
ISBN 978-7-5038-9289-9

Ⅰ. ①北… Ⅱ. ①北… Ⅲ. ①中国文学－当代文学－作
品综合集 Ⅳ. ①I217.1

中国版本图书馆CIP数据核字(2017)第232344号

中国林业出版社·生态保护出版中心
策划编辑：牛玉莲　刘家玲
责任编辑：牛玉莲　刘家玲

出　版　中国林业出版社（100009 北京西城区德内大街刘海胡同 7 号）
　　　　E-mail:wildlife_cfph@163.com　电话：(010) 83143519
印　刷　北京卡乐富印刷有限公司
发　行　中国林业出版社
版　次　2017 年 9 月第 1 版
印　次　2017 年 9 月第 1 次
开　本　787mm × 1092mm　1/16
印　张　9
字　数　210 千字
定　价　68.00 元

北林那些树

编写人员

主　编：孙信丽

副主编：李香云

编　委：李　佳　郝建华

序言
FOREWORD

大学是汇聚大师、培育大家、孕育大学问的殿堂，是文化传承与创新的圣地。校园文化是大学的血脉和灵魂，充分利用大学丰富的文化资源，努力构建“以文化人、以文育人”的校园文化体系，不断增强全体师生的文化自信，既是培育和践行社会主义核心价值观的内在要求，也是高校“双一流”建设的重要环节。

从传承京师大学堂的百年积淀，到建校初期创业西山的风雨洗礼；从“文革”时期辗转西南办学，到改革开放返京复校发展；从大步跨入“211”工程，到正式跻身“双一流”行列，砥砺奋进的北京林业大学走过了一条不平凡的发展道路。65 年来，学校在特色发展中不断传承创新，逐渐形成了“把精彩论文写在大地上”的传统，凝练了“知山知水 树木树人”的校训，并始终坚持以“传播绿色文化 引领生态文明”为己任，践行“替山河妆成锦绣，把国土汇成丹青”的誓言，着力打造独具北林风格、北林特色和北林品味的大学文化。

值此北京林业大学建校 65 周年之际，为更好地挖掘校园文化内涵、服务校园文化建设，我们计划出版“北京林业大学校园文化丛书”，并从《北林那些树》讲起，之后还将陆续推出《北林那些事》《北林那些人》等，结集出版学校师生、校友关于学校人、事、物等方面的专题文章，抒发北林人对学校的感念之情、展示师生员工蓬勃向上的精神风貌及助力学校发展建设的决心意志，并使之成为校园文化建设的重要载体，为学校创建世界一流的林业大学添砖加瓦。

“让校园里处处散发着文化的气息”是我们始终追求的目标，让我们携起手来，共同打造全体北林人的精神家园。

北京林业大学校园文化丛书编委会

2017 年 10 月

目录

CONTENTS

第二篇 缘分

第三篇 情怀

The Trees in Beijing Forestry University

第一篇

记忆

银杏

- 银杏是银杏科银杏属现存的唯一一个种，别名白果树、公孙树。我国特有的孑遗树种，有活化石之称，树龄可达3000多年。落叶乔木，高可达40米，胸径3米，冠幅可达36米。树形挺拔秀丽，树冠广卵形。是最有特色、最易识别的树种之一。主枝斜向上，近轮生，有长短枝之分。叶扇形，二叉状叶脉，顶端二裂，基部楔形，有长柄；在长枝上互生，在短枝上簇生。雌雄异株。花4～5月与叶同时开放。种子外种皮成熟时淡黄色或橘黄色，9～10月成熟。
- 叶形优美，是重要的观赏点。北京地区10月下旬开始，银杏叶色金黄，形成美丽景观，是最佳的观赏期。银杏是城市绿化的优良树种；材质优良，纹理细腻；种子可食用、入药；树叶中含有防治心脑血管病药用成分。
- 原产我国，适应性强，北起沈阳，南达广东北部，西至云、贵、川的我国广大地区都有栽培。
- **栽植地点**：校园多处有栽植。银杏大道是集中栽植地，学1号楼南、第4教室楼东侧有栽植。

也谈两行银杏树

校园内的两行银杏树是学校的标志性景观，得到大家的赞赏，万千北林学子都把它们记在了脑海里。前两天看到校报上登载了老师傅张守中寡欲当年栽植银杏行道树的回顾，也勾起了我的一些回忆，特写出来与大家分享。

这两行银杏树是1954年北京林学院从大觉寺下山到肖庄新址办学不久后就栽上的。当年树苗粗度在10厘米左右，苗高有5~6米，枝干经过修剪。由于山上土壤多石特性，苗根带土不多。虽经大家细致栽植，成活率很高，但恢复（缓苗）很慢，过了4~5年还没有形成足够大的树冠，学校为了使行道树早成型，就在20世纪60年代初在每两株银杏之间栽了一株杨树（我记得是加杨）。到了60年代末，杨树已经长得很高大了，开始妨碍银杏生长，因此曾经议论要把加杨树砍了，以解放银杏。可是1969年北京林学院被迫搬迁云南，这件事就没人管了。等到1979年学校回迁北京，杨树长得更高大了，而银杏树明显受压。于是学校决定把这批杨树都砍了。由于“文化大革命”期间行道树缺乏照料，再加上杨树欺压，银杏行道树死了一些，也伤残了一些。因此在20世纪80年代中（大致是1986年或1987年）决定进行补植。学校准备了一批银杏大苗，正好那年有一个日本绿化友好代表团访问我校，就让他们和学校员工一起参加植树。我当时担任校长，也与日本朋友一起栽树。记得专业楼西门往北第二株就是我栽的。所以记得清楚是因为栽后不久有无聊之徒用刀在树苗干上划了一条纵向深道，伤到了木质部，影响了树木生长，因而当时很气愤。好在银杏树生命力很强，经过几年，这个伤口逐渐因树木长粗而包进去了，如今树皮上还可见到一道纵痕。

这两行银杏树后来又因为修马路和人行道而被框起来了，压缩了生长空间，

有些老教授当时就很不高兴，但也无可奈何。不过这个举措总算没有给银杏的生长造成太大的影响，又经过了 20 多年，两批银杏树都已长成雄伟大树了，每年秋季叶色金黄时，都会给北林人带来内心的喜悦。按照银杏的长寿特性，它们还能在这里生长很多年，也可能百年以上。不过我们每个北林人还是要多多关心照顾它们，不让它们再受任何伤害。树旁的人行道如能换上透气透水的砖，也许能为它们的长寿做一点贡献，让后代人也能欣赏到它们的英姿。

2012 年 3 月 4 日

（沈国舫）

两排银杏树

提起校园里的银杏树，没有北林人不知道的，但是这些银杏树什么时候栽的，估计知道的人甚少。只知道那两排树在春天里的茂盛、夏天里的阴凉，秋天里的金黄、冬天里的耸立。

务必是10厘米。如今95岁高龄的张守中老先生回忆说，他当时是学校车队的班长，时任校领导的李相符安排他亲自运送银杏树，并要求检查树的尺寸务必是10厘米粗。他说，记忆中应该是1954年的4月，妙峰山的工人负责在山上挑选，带着土坨挖出来放在妙峰山下的一所中学里，再由学校的校车从这所中学运到学校，工人一同下山，及时把树栽上；第二天，又上山，选树，挖好，运回来，栽上。每天一次，运30多棵，持续了三天。每个环节都有人检查树苗的粗细。

10 厘米粗对于树木到底是个什么概念？据我校孙玉军教授说，景观树木移植需要考虑它的成活率、成本以及美观度等，一般会选择 10~12 厘米。看来这就是几十年银杏树苗壮成长从一开始就具备的科学依据。

几辈人的呵护和牵挂。银杏树走进了校园，可以说是当时校园规划建设的大事之一，成为每个校园人呵护和关心的对象。据张老先生回忆，他亲眼看到有的老师路过时，看到树缺水了，就停下来去打水、浇水；有的老师看到有人把牲口拴在树上，就非常着急地过去请主人把牲口带走；从云南搬迁回来，有的树遭到了损坏，学校又重新精挑细选补植了一次……也许，就是这一点点的关心，银杏树成长了一年又一年，如今，它春天里茂盛的叶子代表了它承载的

牵挂的多少。

留在记忆里的传承。张守中老先生说，现在他走到银杏树的时候，总很自豪，因为他和它们有关系。这就是一种记忆，一辈子无法抹去的记忆。如今，每到秋天银杏树叶变黄的时候，金灿灿的树叶挂在树上，落在地上，师生争相拍照留念，也引来社会人羡慕的眼光。大家都想把银杏树留在记忆里。几十年来，也正是这种记忆让北林人的心在一起，爱在一起。

（李香云）

银杏先生与银杏小姐

银杏先生：树冠稍瘦。主枝与主干间的夹角小。叶裂刻较深，常超过叶的中部。到了秋叶变色期较晚，落叶较迟。着生雄花的短枝较长(约 1 ~ 4cm)。

银杏小姐：树冠宽大。主枝与主干间的夹角大。叶裂刻较浅，常不超过叶的中部。到了秋叶变色期较早，落叶较早。着生雌花的短枝较长（约 1 ~ 4cm），能结银杏果生小宝宝。它是含蓄内敛（叶裂刻浅、树冠宽大），且红颜薄命（先掉叶子）的美女。

银杏类植物的发生始自古生代的上石炭纪（距今约 28 亿 ~ 35 亿年），是十分珍贵的孑遗树种。它是无公害树种，是理想的园林绿化、行道树种，被列为中国四大长寿观赏树种（松、柏、槐、银杏）。

银杏“男女比例”严重失衡，雌雄比例高达 9：1，看到雄树的几率很低。

（校园微信）

毛白杨

- 毛白杨是杨柳科杨属白杨派大乔木。在杨树类树种中，具有特色，容易识别，主要特点是叶子幼时背部有白毛。树高可达30米，胸径2米，树冠卵圆形或卵形，树干端直。树皮幼时青白色，皮孔菱形；老树树皮纵裂，呈暗灰色。叶子表面光滑或稍有毛，背面密被白绒毛，以后逐渐脱落。雌雄异株。花期3月，先叶开放，蒴果4月成熟。
- 毛白杨树干通直高大，材质优良，是北方地区四旁绿化的优良树种，可作行道树、庭荫树、片林栽植。毛白杨由于种子成熟时有絮毛飞出，对环境影响较大。北林教师培育出了三倍体毛白杨雄株，雄株毛白杨不产生飞絮。
- 我国特产，主要分布在黄河流域，北到辽宁南部，南至江苏、浙江，西南到云南。
- **栽植地点**：林业楼东南角、第1教室楼西南角、学5号楼南各有一株。

一株伟岸的白杨树

提起北林的树，每位老师和同学都会如数家珍地罗列出许多，有满树“白鸽”的白玉兰、冠如华盖的悬铃木、叶黄胜金的银杏、凌寒傲雪的蜡梅……不胜枚举。而我首先想到的则是校园中心那株曾经最高的树，那株伟岸的白杨树。

记得是在 1993 年春季，也就是通过染色体镜检证明我国已经育成三倍体毛白杨的第二年，遵从导师朱之悌先生的指示，从河北基地取回的一大批毛白杨杂种优良无性系插穗，在原林学系温室前的苗圃地里扦插育苗，为系统检查哪些无性系是三倍体准备材料。通过染色体制片观察，发现其中有 27 个优良无性系为三倍体，包括后来获得林木新品种权证书的三倍体毛白杨 1~11 号。

此后，这批无性系材料就一直保存在圃地中。直到有一年春天，由于染色体加倍育苗需要圃地，所有无性系都被移走了，圃地栽满了新的杂种苗。一天出差回来去温室，突然看到在温室前杂种苗畦埂之外，长出一株半人高的毛白杨杂种苗。问管温室的彭师傅，不是她栽种的，推测应该是那批无性系的根萌苗。由于萌生的位置无碍温室开窗和杂种苗生长，才得以幸存。

不知不觉之中，这株小苗一天天长大，又由小树长成近 20 米高的大树。检测其倍性证明为三倍体，但却不知是 27 个三倍体毛白杨中的哪一个。2011 年，学校加大校园人文景观建设力度，开始老温室搬迁和绿地改造工程。建于 1952 年的老温室，三倍体毛白杨新品种等成果的诞生地，终于完成了其辉煌的历史使命。而这株三倍体毛白杨，以及澳大利亚 Lindsay Pryor 教授赠送给朱之悌先生的一株摩洛哥银白杨等则被作为学校历史景观保存下来。

综合楼和博物馆之间的老温室原址上建成了一处雅致而实用的公共绿化带，那株三倍体毛白杨矗立其中，分外醒目。料峭春寒中，它早早地展开绿叶；秋

风扫落叶的季节，它依然郁郁葱葱；寒冬腊月里，它不屈不挠、挺拔向上；尤其是夏季，它就像一把张开的巨伞，为树下读书的学生或嬉闹的儿童撑出一片阴凉。对于这株三倍体毛白杨，曾经与学校有关部门商量在树下刻碑纪事，但最后不了了之，只是还记得我为之撰写文字中的一句：黄河纸业业未竟，白杨精神神永存。

在这白杨精神里，有朱之悌先生长期坚持在基地蹲点，亲自动手测量数据，掌握第一手资料，甚至为不影响试验布置而和学生一起拉犁耕地的实干；有为了保住试验林不被砍伐，整整一天孤零零地坐在林业局办公楼外等待与局长见面，以便劝说其改变决定，或一次次为事业强作欢颜而委曲求全的坚忍；有在课题研究遇到困难时，或遭受学术界的故意刁难时，总能通过努力巧妙地加以解决的智慧；有与科研基地的领导和群众融洽相处、亲密无间的率真；有组织来源于十个省、数十人的课题组持续十几年开展毛白杨良种选育攻关，此后又领导“百万吨三倍体毛白杨纸浆原料林产业化集团协作组”进行纸浆原料林基地建设而指挥若定的大气；更有他为了推动“黄河纸业”，“亦余心之所善兮，虽九死其犹未悔”的执着，以及一位老一辈知识分子追求报国事业的拳拳之心。

2016 年 12 月，为满足正在建设的学生宿舍和食堂供热需求，学校准备利用这株三倍体毛白杨生长的公共绿化带建设地下锅炉房，较为矮小的摩洛哥银白杨被移栽到森工楼南侧的绿地，而三倍体毛白杨由于过于高大而只能伐除。在这里要特别感谢学校博物馆的张志翔、张勇两位馆长独具慧眼，将这株三倍体毛白杨锯为数段标本收为馆藏，使我们仍有机会感受它的伟岸，以及镌刻在那一圈圈年轮里的故事。

一株伟岸的白杨树，一段值得永远珍藏的记忆。

（康向阳）

加拿大杨与毛白杨

杨树的长势快，很快就可以成荫。所以以前北京流行栽种杨树，以便尽快形成好的环境。

加拿大杨是杂交树种，长势快，但是也有缺点，它的病虫害比较多，所以现在加拿大杨被逐渐淘汰，现在的实验楼边上还仅剩一棵。林大北路上也存有两棵，那儿从前是北林苗圃中间的一条小路。

另外一个就是华北地区的主要杨树——毛白杨。毛白杨在成长初期比加拿大杨长得慢一些，因此用毛白杨作行道树比较少，但是毛白杨可以长得很粗壮雄伟，很高大，树高可达 30 多米。

建校初期，我们学校的边界就在实验楼东侧和第 2 教室楼附近，在那条路上沿路有一排毛白杨，是划分北林与农业大学、农机学院的界线。毛白杨留下的也有，但是不多，在实验楼和第 2 教室楼中间。后来由于第 2 教室楼的扩建，只剩下了一棵。从远处看，高大的那棵应该就是毛白杨。

（根据沈国舫院士口述整理）

“雄大”“雄二”诞生记

国家良种‘北林雄株1号’‘北林雄株2号’凭其速生、优质和雄株不飞絮等优良特性，已经得到社会高度认可并开始大面积推广了。“雄大”“雄二”是朋友们对我选育出的这两个白杨新品种的爱称。既然朋友喜爱，敢不遵命！何况的确也比我起的名字响亮。

“雄大”“雄二”的诞生，可以说与一次学术研讨会有关。1990年11月，作为甘肃农业大学林学院教师的我，参加了于西安召开的西部农业生物技术研讨会。在几天会议之中，聆听了李振声院士关于蓝粒单体小麦研究等十余个学术报告，感受到了外部的变化，从此促成了我的新一轮求学生涯。1991年，我考入北京林业大学林木遗传育种学科攻读研究生，也开始了自己林木多倍体育种的科研之路。

由于在进京攻读研究生之前，自己曾从事过杨树染色体制片工作。因此，导师朱之悌先生给我的学位论文题目就是“回交杂种杨中新疆杨染色体组分贡献的细胞学研究”。1992年6月中旬，去河北省易县林木良种繁育场取实验材料；7月初，通过染色体镜检证明导师等在1984年获得的毛新杨 × 毛白杨杂种中有三倍体存在；12月底，采集毛白杨父本观察花粉，证明这些三倍体来源于天然未减数2n花粉授粉杂交，从此揭示了我国已经完成毛白杨三倍体选育的客观事实。

既然毛白杨群体中存在天然未减数2n花粉，当然也可以通过施加理化处理人工诱导未减数2n花粉。学位论文研究开始向诱导花粉染色体加倍选育杨树三倍体方向拓展。而就杨树花粉染色体加倍而言，前人的研究很多，但都是采取同时培养大量的雄花枝并分批次逐日施加理化处理的方法，工作量大，2n花粉得率却较低，且可重复性差。考虑到理化诱导花粉染色体加倍实际是影响细胞分裂过程中纺锤丝以及细胞板的形成，因此，我尝试将花粉母细胞减数分裂观察与染色体加倍处理时机建立联系，从而找到了诱导杨树花粉染色体加倍的有效处理时期，显著提高了 2n 花粉的诱导效率和效果。

在通过人工诱导可以大量获得未减数 2n 花粉后，开始进入利用这种未减数花粉授粉杂交选育三倍体的研究工作。然而，即使采用 90% 的 2n 花粉授粉杂交，最多也仅得到千分之几的三倍体，显然是很不正常的。首先应该从花粉萌发找原因，但试验了多种花粉萌发率检测方法都不理想。最终考虑到想要了解的只是形态较大的 2n 花粉，而不需要去证明形态较小的正常花粉的萌发情况。因此提出了利用正常花粉为参照，通过活体授粉法对比观察统计 2n 花粉的方法，证明与正常花粉相比，2n 花粉萌发相对迟缓而导致的受精竞争能力差，是利用 2n 花粉授粉杂交途径选育三倍体得率低的根本原因。

那么，怎样才能有效提高利用 2n 花粉授粉杂交选育三倍体的得率呢？最先想到的是如何避免正常单倍性花粉参与受精过程。试验了一种又一种剔除单倍性花粉或挑选 2n 花粉的方法，都没有得到好的效果。无数次冥思苦想之后，终于联想到曾经读过的《辐射生物学》一书中的内容——不同倍性体存在辐射敏感性差异，

北林雄株1号

北林雄株2号

进而提出了利用不同倍性花粉的辐射敏感性差异提高 2n 花粉竞争力的方法。研究表明，采用一定的辐射剂量照射混合花粉，可在一定程度内抑制某些单倍性花粉的萌发与发育，同时刺激某些 2n 花粉的萌发，使在柱头上参与竞争的 2n 花粉数目和发育较快的 2n 花粉比率有所提高，相对增加 2n 花粉在受精过程中竞争获胜的机会。

1994 年，以取自中国农业大学西校区的毛新杨无性系优良单株为母本，采自山东冠县的银腺杨为父本，利用秋水仙碱溶液诱导银腺杨花粉染色体加倍，获得的 2n 花粉经 60Co-γ 射线辐射处理后给毛新杨授粉，产生大量杂交子代，经染色体检测证明其中 16 株为三倍体，最优组合的三倍体得率提高 30 倍以上。通过苗期测定，筛选出 7 个生长量较大且优良的三倍体白杨杂种无性系，并以普通毛白杨优良无性系 1319 为对照，在河北威县、山东兖州以及河南郑州等地建立无性系对比试验林，经生长量观察以及材性测定，选育出表现优异的毛新杨 × 银腺杨杂种三倍体无性系‘北林雄株 1 号’与‘北林雄株 2 号’。

2013 年 7 月 31 日，“‘北林雄株 1 号’与‘北林雄株 2 号’新品种选育”研究成果通过了国家林业局科技司组织的专家鉴定。由东北林业大学杨传平教授担任主任委员的鉴定委员会一致认为，该项目研制的三倍体育种技术先进，选育的新品种优良，成果达到了国际同类研究领先水平，尤其是选育出的白杨杂种三倍体新品种‘北林雄株 1 号’与‘北林雄株 2 号’具有生长迅速、材质优良、树形美观、不飞絮等特性，在城乡绿化和用材林建设中具有广阔的应用前景。2014 年 12 月，‘北林雄株 1 号’与‘北林雄株 2 号’通过国家林木良种审定，取得了林木新品种上市推广的法律许可证书。

“雄大”“雄二”的诞生过程，实实在在地让我体味到了科学研究的艰难以及一个个难题得到解决所收获的快乐。能够享受这种收获的快乐，应该感谢许许多多领导、同事、学生以及基地职工的支持和帮助，尤其要感谢导师朱之悌先生的言传身教，正是他那极其强烈的社会责任感和坚持不懈的科研精神一直激励我奋勇前行。

（康向阳）

白玉兰

- 白玉兰是木兰科木兰属落叶乔木，树高可达 20 米。树冠卵形或近球形，树皮深灰色。枝开展，幼枝和芽有毛。叶片大，长 10 ~ 18 厘米。花芽及花梗密被灰黄色长绢毛；花大，径 12 ~ 15 厘米，白色，芳香。果圆柱形，木质褐色，具白色皮孔；蓇葖果，种皮黑色。花期 3 ~ 4 月，先叶开放，果熟期 8 ~ 9 月。
- 白玉兰花大而洁白，芳香，早春花先叶开放，为世界著名的园林观赏树种。花期 10 天左右。北京园林中常见的还有紫玉兰、二乔玉兰、望春玉兰等种或变种。近年有北林教师培育的红花玉兰，享誉全国。
- 分布在我国中部地区。华北地区多有栽培，北京地区大树能安全越冬。
- **栽植地点**：校园多处有栽植。生物楼南、信息楼南、学研大厦 C 座门口有栽植，主楼与东配楼之间植有望春玉兰。

满树“白鸽”满院香

经过一个冬天，不知不觉间玉兰花开了。玉兰是北京地区春季开花较早的树种之一。现在校园里有很多玉兰树，哪里的玉兰最有名？你一定会说是生物楼前。玉兰硕大的花朵，坐满枝头，犹如一群白鸽落满树冠，点点洁白，芳香馥郁，它的开放，给灰色的北京早春带来勃勃生机。蓝天映衬、红墙作景它皎洁妩媚，春雨轻洒它如贝含珠，雾锁天空它更显纯洁高贵。玉兰花芳香怡人，花开时节满院清香。

玉兰是我读大学时见到的最美的乔木花卉，那时校园没有玉兰树。我初识玉兰树是在颐和园的玉兰院，花开时节游人如织，那时相机还没普及，但有了彩色胶片，看到有相机的人与玉兰花合影，看到摄影师展示的游人与玉兰花合影的彩色照片，羡慕不已。后来，有一年，在玉兰花开的时候，任宪威先生带我们去颐和园树木学实习，仔细地观赏了玉兰花，从专业角度对玉兰有了深入的了解，从此对玉兰情有独钟。

1987 年春天，那时学校还没有主楼，学校办公、生活区主要集中在校园西部，当时学校主要党政机关在专业楼（现在的生物楼）办公，是我校的核心区。我负责校园绿化时，首先选用了玉兰树。在校园栽植玉兰主要有两处，一是专业楼南边，根据当时的情况，计划栽植 6 株；二是西北区家属楼眷 5 号楼到眷 8 号楼绿地东侧临马路边，共栽植了 8 株。玉兰抗寒性稍弱，这两个地方的小气候条件较好，有利于玉兰的生长。做好计划，放线定点后，打听到当时的西南郊苗圃有玉兰大苗，我带着两名工人到西南角苗圃选树、号苗，订购了 10 多株胸径 8 厘米以上、高 5 米以上、树形饱满、主枝分布均匀的玉兰树。

玉兰树栽植后，经过精心养护，全部成活。约半月后，每株玉兰都有少量玉兰花开放，特别是专业楼南门两侧的 4 株玉兰树，花开得多，花朵大。由于这里是学校当时的门面，我选了 4 株最好的栽植在这里，也就长得好，开得好。开花时，很多教师和学生到这里观赏、拍照。后来负责校园绿化的同志大概也喜欢玉兰，又在生物楼前 2 株雪松的北边各栽植了 1 株玉兰，这 2 株玉兰与门两侧的那 4 株形成玉兰群落。

如今，专业楼前的玉兰树是教师和学生观赏玉兰、进行认知教学和写生的主要场所，花开时节轰动校园，这里俨然成了学校一景。后来生物学院落户专业楼，这个楼也成为“生物楼”。生物学院将玉兰花作为他们的院徽，但愿他们是因为坐在办公室就能闻到玉兰花香、打开窗户就能触到玉兰花的缘故吧……

（郝建华）

两棵玉兰树

学校信息楼前有两株树，左边一棵是玉兰树，右边一棵也是玉兰树。

听说，大概是十年前吧，它们是在同一时节栽下的。可右边的那株经一位林学高人“点拨了点拨”，十年后的今天，它已比左边的那株茁壮了太多太多。

用目光测量，右边这株树的树径已逾 20 厘米，而左边的那株却仅有 10 厘米；右边那株树树高也要比左边那株高出十数尺。在玉兰花盛开时节，右边这株树树冠更是要比左边那株大得多、茂密得多，繁茂枝杈上的花朵也要多。

两株玉兰树都属于同一品种，也是在同一时节栽下的，并且土壤条件、日

照空间也是相同的，那么它们伫立在那儿就应该是一对双胞胎式的姊妹树呀！

然而，现实中的这两株玉兰树怎么会有这么大的差异呢？

与那位林学高人寻找答案。高人是学校森林培育学科一位有名望的教授，同时也是我国该领域的知名学者，名叫翟明普。

翟教授说：当初，看到几个临时工栽这两株玉兰时太过敷衍了事，于是就走了过去，在右边这株树前说了说，动了动手。翟教授说：小树初栽时一定要将新土踏实，浇足水分。如此这般，树的根系才能与土壤充分接触，汲取营养。这是植树初期非常重要的一个技术环节。

听似非常简单的道理，但谁又不认为这其中蕴含着知识与科技的道理呢？

闭上眼睛，想着全国植树造林的景象，成千上万的植树大军都以科学的态度、高度的责任心在城市、在农村、在广袤的大地上劳作着、耕耘着。10 年、20 年、30 年后，祖国的绿化事业将会是何等壮观、何等大气磅礴呀。

……

“知识”是什么？知识就是力量！

“科技”是什么？科技就是生产力！

……

从这两棵玉兰树上，我们读到了“知识就是力量！”的含义；同时，我们也看到了“科技就是生产力！”这句话的真谛。难道不是吗？

（任力钧）

国槐

- 国槐是蝶形花科槐属落叶乔木，又名槐树。枝叶茂密、树冠宽广，高可达25米，胸径2米以上。小枝绿色，有明显淡黄褐色皮孔。奇数羽状复叶，7～17枚；小叶全缘。圆锥花序，花冠蝶形，花淡黄绿色，翼瓣、龙骨瓣边缘稍带紫色。荚果，呈念珠状，果长2～8厘米，果皮肉质，不开裂、常悬挂树上。花期6～7月，果期9～10月。北京地区少有的夏季开花树种，别具特色，在城市园林绿化中多作行道树和庭荫树栽培。是北京市市树之一。
- 国槐是华北地区乡土树种，在我国南北均有栽培。
- **栽植地点**：校园多处有栽植。国槐大道是集中栽植区。

绿色槐荫路

从田家炳体育馆门前广场向北，是一条郁郁葱葱的槐荫路。路两旁的槐树，遮天蔽日，浓荫伞盖，在烈日炎炎的夏日，洒下一路阴凉。这些槐树，始植于1987年的春天。当时的校园百废待兴，但当时规划的这条南北主干道已成现在这个样子。这条马路的宽度和长度一直都没有变，这些槐树在这里安身立命直至今日。

开始种植时，用的是胸径5厘米左右的槐树裸根截冠苗。经过认真种植和前两周的三次足水灌溉，成活率100%。经过一年的精心管理，第二年春天，每株上部保留3~4个基部2厘米的枝条，计划培养开心形树冠。槐树容易滋生蚜虫和槐尺蠖（俗称吊死鬼），春、夏、秋三季都要用高压喷雾器进行喷药杀虫防病两三次，保持槐树的良好长势。

槐树适生性很强，在全国很多地区都有种植，都能健康生长，它也是北京地区的乡土树种，后来被选为北京市的市树。尤其可贵的是，槐树是夏季开花为数不多的乔木树种，它蝴蝶状的花形，金黄色泽点缀枝头，犹如一群群蝴蝶，微风吹来，翩翩起舞。

1982年6月我从林业专业毕业，留校在当时的实习苗圃做技术工作，也负责校园绿化方面的工作。到1986年春天，我开始专门负责校园绿化，因此有机会在北京林业大学校园书写绿色篇章。除了绿化美化校园其他地方外，还亲手种植了这两行槐树行道树。到1989年春季开学我调离时，亲手呵护它们两年多，浇水、施肥、治病、整枝，使它们成活、成型、茁壮成长。

如今的槐树，在后来者的呵护下，已长成参天大树。每次路过，都仔细打量它们，时有感慨。惦记着该浇水了，该治虫了，该整枝了。树长大了，我也变老了。

有一年，在炎炎烈日下路过槐荫路，灵感一闪，写了一首我称为诗的东西表达自己的心情：绿树成廊花如金，浓叶蔽日有福荫。庇护路人几十载，廊下行人年年新。

（郝建华）

馒头柳

- 馒头柳是旱柳的一个栽培变种，为杨柳科柳属落叶乔木。分枝密，梢端整齐，树冠成半圆球形，形如馒头。雌雄异株。花期3～4月，果期4～5月。
- 馒头柳为著名的园林绿化树种，常用于庭荫树、孤植观赏树和行道树。
- 分布于我国东北、西北、华北、华东广大地区。
- **栽植地点**：校园田家炳体育场等处有栽植。

体育场上的片片浓荫

20世纪80年代的一个春天，时任校长的沈国舫先生找到我。对我说，“小郝，人家给你们提意见了，说那么大一个操场，没有阴凉，白皮松虽好，但不太遮阴，学生上体育课，运动员训练，太阳底下晒得没地方躲，希望你们栽植一些能遮阴的阔叶树，而且要见效快。”

我遵照沈校长的指示，赶快定购了一批胸径约8厘米以上的馒头柳，定干后，在白皮松的每个空档各栽植了一株，在操场的其他地方也栽植了一些，当

年树冠直径生长达到 2 米左右，有了点阴凉。当时选用馒头柳有以下考虑，一是要生长快的树种，馒头柳生长很快，符合沈校长的要求；二是原地已经栽植有白皮松，如果选用树形高大、树冠太宽阔的树种会影响白皮松的生长；三是种植管理方便。

如今，在学校田家炳体育场田径场东边（旗杆的南北两侧）馒头柳宽阔的树冠，洒下片片浓荫，投下一地阴凉。馒头柳，旱柳的一个变种，它的树冠自然长成馒头状，观赏效果极佳。初春，芽露鹅黄，似金如翠；仲春，葱翠如云；夏季，深绿朵朵，如墨重泼；深秋，眉叶如火，灿若金霞。不同的季节，变换出不同的色彩。它很普通，也很乡土，但这是它的神韵，它不仅能洒下阴凉，更能展现美丽。

还记得很多年前的一天，沈国舫先生见到我，对我说，操场的馒头柳有一个大枝子拖在地上了，需要赶紧清理一下。在此，感谢我后来的同行，更要感谢沈先生对校园绿化的重视与关怀。就这样，馒头柳在操场生长了 30 多年。

（郝建华）

枫 杨

- 枫杨是胡桃科枫杨属落叶乔木，树高达 30 米，胸径 1 米以上，树冠卵形或长卵形。小枝髓心片状分隔。羽状复叶，叶轴具窄翅。雌雄花序下垂，花序轴密被柔毛；雄花序单生叶腋。果序长达 40 厘米，坚果近球形，具 2 翅。花期 4～5 月，果期 8～9 月。
- 枫杨耐较水湿，可用作行道树、庭荫树、片林、观赏树栽植。花序及果序观赏价值较高。
- 分布于华中、华东、华南、西南及华北南部部分地区。北京地区有大量栽植。
- **栽植地点**：春 18 号楼南。

校园“独苗”枫杨树

在学校图书馆的东北角有这样的一棵大树，春去冬来，叶长了又落下，小元宝一样的果实，年复一年，树不断地长高、不断地增粗，见证着北京林业大学过去的变迁和现在的发展。它就是校园里唯一的一棵枫杨。

其实，枫杨原本是由四棵树组成的枫杨家族，从南向北一字排开，现在只保留下最北的这棵。它们并不是北京地区的乡土树种，而是分布在黄河流域和长江中下游地区，是基于教学需求由教授们精心挑选栽种的，凝聚着教师的心血。

记得我的老师说过，北京林业大学原本是有树木园的，就位于现在中国科学院半导体所东边区域。根据老先生的描述和四棵枫杨集中种植的方式，可以推断，它们应该是原北林树木园的重要组成部分———胡桃科区，因为枫杨在植物分类中属于胡桃科。记忆已模糊，是否是树木园的部分也许已难以考证。但是，这样的枫杨经历和见证北京林业大学的变迁是事实。

远的不再赘述，只说说 1979 年后的事，这个故事就够丰厚的了。1979 年的 10 月北林的前身北京林学院从云南回到了原址北京海淀肖庄办学。那时的北林百废待兴，仅有林业楼、森工楼、专业楼（现在的生物楼）和实验楼。实验楼往后是东平房（现在的图书馆的地方）和一片空地，为了办学在那片空地上建设了木板房，记得当年林学 80 级的新生就住在这里。在东平房从西向东的第二条通道上，最醒目的就是这四棵从南向北一字排开的枫杨。

随着学校的发展，为了提高学校的办学实力，培养高水平的林业人才，图书馆是不可缺少的办学条件，为此，2003 年学校决定在东平房处动工修建现在的图书馆。枫杨家族的命运随之发生了巨大的变化。这棵树得以保留是一次偶

然的机会。那时轰鸣的拆卸机械和工人已经进入东平房，拆房在即，我想到了树木学教学实习常讲树种枫杨可能会被砍了，便马上和校园绿化科联系，到现场与规划及施工单位洽谈，表明保留四棵枫杨的意愿。然而由于规划已经无法改动，并不能将枫杨家族完全保留下来，庆幸的是最北的这棵枫杨离建设用地远一些，可以保留。终于，在校园绿化科的协调下，在树木学老师的坚持下，在施工单位的特意保护下，这棵枫杨保留了下来。

现在的这棵枫杨饱经沧桑，不仅亲眼见证了图书馆拔地而起，也目睹着东家属区、第1教室楼的建设。仅存的这棵枫杨为一代一代林业人才培养贡献着枝、叶、花、果实，它不仅迎接着一个个班级的学生聚在树下，聆听着教授们讲解着自己，也默默地送走一批批毕业生，同时希望他们再到学校时，能再到枫杨树下聚一聚。

（张志翔）

杜仲

杜仲是杜仲科杜仲属落叶乔木，树高达20米，胸径0.4米，树冠卵形。枝、叶、树皮、果实内均有白色胶丝。轻轻扯断树叶，可看见胶丝。雌雄异株，花单性。翅果扁平，长椭圆形，果周围有翅，熟时棕褐色。花期3～4月，果熟期10～11月。

产于华东、中南、西北及西南。主要分布于四川、贵州、湖北、陕西、山东等地。北京地区有栽培，可露地越冬。在城市园林绿化中可作庭荫树、孤植观赏树、行道树栽培。杜仲树皮可入药。

栽植地点：校园多处有栽植。主楼南绿地南缘、图书馆东侧和北侧、春17楼西侧、春16楼东侧、春16楼与春17楼之间有栽植。

老校友深情种下杜仲树

每当在校园漫步，我都会驻足凝视博物馆东西两侧那10棵茁壮成长的杜仲树。它们的存在，让我回想起16年前的一次校园植树活动。时光虽然已过去了16年，但当时的情景仍常常浮现在我的眼前。看着当年的照片，回忆当时的劳动场景，心潮澎湃，至今难以忘怀。

那是1999年4月10日，星期六，春暖花开，艳阳高照。一群花甲老人在为校园绿化植树。他们是我校老森工系木工、林化、林机三个专业的首届学生（即木58、化58、机59级），在新世纪到来前，相约北林，自发组织了那次美化校园、绿化校园的植树绿化活动。

34位老校友齐聚森工学院会议室，“欢迎森工老校友返校植树美化校园”的横幅十分醒目。简短开幕式后，大家兴高采烈地进入植树现场。大家挥锹抡镐，挖坑植树，虽汗流浃背，但个个欢歌笑语。

当时参加活动的《北林报》记者采访了其中的一位老先生。他头发已白，深情地说：“我今年70多岁了，毕业也有几十年了，非常怀念母校。借这个机会回到母校栽几棵树，为校园绿化美化做点贡献，感到非常愉快。”他朴素的语言，也说出了大家的心声。

那一次校友的行动得到学校的支持。时任苗圃主任的陈义教授为大家准备树苗，现场讲授植树要领。

经过两个多小时的劳动，22 棵高 10 米的杜仲树矗立在主干道南侧，为校园又增添了一道绿色的风景线。由于行政楼、博物馆的建设，其中 12 棵杜仲移植到新的地方。现在留下的 10 棵杜仲树，博物馆东有 6 棵、西有 4 棵，依旧茁壮成长，给我们留下难忘的回忆。大学生们还为这些杜仲树挂上了标志。

绿化校园植树活动完成后，校友们高兴地合影留念，也把这次植树活动的记忆永远留在了心中。

（王乃康）

水曲柳

- 水曲柳是木犀科白蜡属落叶乔木，高达30米。奇数羽状复叶对生，小叶9～13个，缘有钝锯齿。花单性异株，无花被；圆锥花序侧生于上年生枝上。翅果常扭曲。
- 北京园林中有栽培。材质致密，坚固而有弹性，抗水湿，是珍贵用材树种，是东北三大硬木阔叶树种之一。
- 主产我国东北地区，华北至两北地区也有分布。
- **栽植地点**：林业楼西北角绿地。

黄波罗

- 黄波罗（黄檗）是芸香科黄檗属落叶乔木，高达15～22米。树皮木栓层发达，纵深裂；内皮鲜黄色，味苦。羽状复叶对生，小叶5～13，撕裂后有臭味。花小，单性异株；顶生圆锥花序。核果黑色，径约1厘米。花期6月，果期9～10月。
- 北京园林中有栽培。材质坚硬，耐火烧，耐水湿，抗腐力强，纹理美观。树干内皮为中药材（黄柏）。我国东北三大硬木阔叶树之一。
- 产我国东北、内蒙古东部、华北至山东、河南及安徽；俄罗斯、朝鲜、日本也有分布。
- **栽植地点**：校园林业楼西北角绿地。

而立之年的它们

在校园林业楼北侧的西北角、进入林业楼北侧西北小门的小路西边，生长着两株水曲柳，两株黄波罗。它们都是 30 年前栽种的，如今已长成了大树，尤其是两株水曲柳长势较好，虽不参天，但也齐楼，不及合抱，却也窈窕。

水曲柳与黄波罗是我国东北著名的阔叶树种，是东北三大硬木阔叶树种中的两种（另一种为核桃楸）。早在 1987 年初夏，林业系树木学教研室同事李贞老师找到我（当时负责校园绿化），他说，恰巧看到一个单位引进了水曲柳和黄

波罗，就向人家要了几棵，希望我将这两种树栽种到校园，丰富校园绿化树种。我非常高兴，因为当时校园里没有这两个树种，如果栽种成功可填补校园里这项空白。

当时，李贞老师带来的三株水曲柳、三株黄波罗，高约 30 厘米，地径约 1.5 厘米，已经发芽出叶，需要及时栽种。但是，学校当年的树木种植计划已经完成，马上栽植不知道该种植在何处。经过考虑，我们决定临时种植在目前的这个地方，主要因为三方面的原因，一是由于苗木已出叶，必须马上栽上，才能保证成活；二是这两种树主要分布在我国东北，担心不太适应北京夏季炎热、冬季多风干燥的气候，这个地方南有林业楼，可以部分遮阳，东有油松，西有巨大的美国梧桐树冠，也可以挡风降燥；三是这个地方靠路边，便于时常查看、管理，因而决定临时栽种在此地，以后选定合适地点再移植。

种植地当时地面是草坪。我让工人在草坪上分两组挖了六个坑，每组三个，一组植黄波罗，一组栽水曲柳。就这样将六株小苗安顿在这里，栽植后，浇足水，做好灌溉盘，然后用蒲包片，为每个小树搭了遮阳棚。李老师看到我们精心种植后，非常高兴地说："肯定能成活"。以后的很长一段时间，我每天都去查看小树的生长状况，大约 10 天后，小树长出了新芽和新叶———它们成活了。

后来这六株小树保存下来四株，水曲柳和黄波罗各两株，另外两株可能是因行人的踩踏或周围施工，很可惜中途夭折了。其他四株小树就算在此地安家落户了。如今，它们已经长大，成为老师讲课、学生识别的活标本，也成为学校仅有的水曲柳和黄波罗树种。

（郝建华）

雪 松

- 雪松是松科雪松属常绿大乔木，是世界著名的常绿观赏树种，高可达50米，胸径3米，树干端直。枝分长、短枝，大枝不规则轮生，平展，梢部及小枝略下垂。针叶在长枝上螺旋状散生，短枝上簇生；灰绿色，幼时有白粉。多为雌雄异株，少同株。球果直立，球果顶端平，长7～12厘米，径5～9厘米。南京地区的雪松花期10～11月，球果翌年10月成熟。
- 树形挺拔，树冠尖塔形，树姿优美。叶子上像落了一层白雪，因而称雪松，非常美观，极富观赏价值。
- 原产喜马拉雅山西部。我国长江中下游地区多作行道树、观赏树栽培。北京城市园林中，庭院、公园、街头绿地多有栽培。
- **栽植地点**：校园多处有栽植。主要有主楼南、生物楼南、春6号楼北、春17楼南。

生物楼前的雪松

在我们学校生物楼前有两棵大雪松。

雪松 [*Cedrus deodara* (Roxb.) G. Don] 并不是松树（*Pinus*）。雪松树冠很大，造型美观，长势也非常快，是南京主要的行道树。

1979 年迁校回来以后，学校需要恢复园林，增加点缀，雪松非常适合，当时只有生物楼在我们手里，所以在生物楼前栽植了雪松。1986 年我作为校长，恰逢美国华盛顿州西雅图华盛顿大学林学院副院长 Waggrner 来访，正好和他一起栽了西边那颗雪松，距离现在已经 30 多年了。

（根据沈国舫院士口述整理）

金叶榆

- 金叶榆（中华金叶榆）为榆科榆属落叶乔木，系白榆（密枝型白榆）变种。生物学特性与白榆相似，但其叶片金黄，有自然光泽，叶脉明显，非常漂亮。
- 金叶榆萌生力很强，枝条密集，可培育成乔木、灌木，可修剪成多种造型。现阶段园林绿化中应用广泛，可作为孤植观赏树、行道树、造型树、色块使用。适应性很强，与白榆适应性基本相同。
- **栽植地点**：校园多出有栽植。行政楼东南角、学研大厦东边有栽植，眷19楼西侧马路边有垂枝榆嫁接金叶榆造型树。

校园里的彩叶姑娘

2011年夏季，我和同事们到河北林科院参观学习，82届校友，我的同学张均营高工接待了我们，给我们讲了河北林科院概况和他们的科研情况，参观了他们的科研基地，这时才欣喜地知道，现在各地园林中应用的新品种金叶榆是他们发明的专利品种，发明人就是教授级高工张均营和黄印然，我为他们取得的成就由衷的高兴，向他们表示了祝贺。同时我向他们表达欲购买引进一些彩

叶树种的愿望，他们当即表示向我们赠送彩叶树种的意愿。

2012年正逢建校60周年，春天植树时节，他们向实习苗圃赠送了10多个品种的彩叶树种近100株，其中有10株金叶榆。张均营叮嘱我一定要赠送几株给学校绿化部门，栽植在校园，也为校园绿化做点贡献。

我们联系主管校园绿化的总务处，说明校友捐赠专利新品种金叶榆的情况，总务处积极准备了接收金叶榆的工作。

苗木运来后，我们联系总务处王谦科长，请她安排金叶榆的栽植地点。她安排在行政楼南绿地东南角，与东边小广场（现锅炉房工地）相接，在这里栽植了四株。

金叶榆叶色金黄，树形适中，抗病虫害能力较强，成为彩叶树中的优秀品种，得到大量推广应用。金叶榆红遍大江南北，校园栽植金叶榆，丰富了校园的树木种类。

金叶榆在园林绿化中得到广泛应用，既可孤植，也可群植，还可列植，又可培养修剪成灌木状组成色块，有些地方将金叶榆修剪成多种造型，丰富了金叶榆的应用范围。

栽植在校园中的金叶榆，在红墙和周围树木的衬托下更显得金色灿烂。

（郝建华）

地锦

- 地锦是葡萄科爬山虎属落叶藤木，别名爬山虎、爬墙虎。茎长10米以上。有卷须，较短，多分枝。枝端具吸盘，吸盘吸附能力极强。叶广卵形，叶柄较长。聚伞花序常生于短枝顶端的两叶之间，花淡黄绿色。浆果球形，径6～8毫米，成熟时为蓝黑色，有白粉。花期6月，10月果熟。
- 地锦耐阴性强。秋季叶色变为红色，美观漂亮。是垂直绿化的优良树种，也可作地被栽植。
- 我国东北南部至华南均有分布。
- 另有一种五叶地锦，掌状复叶，具长柄，小叶5片，卵状长椭圆形至倒长卵形。
- 地锦是垂直绿化的常用树种。
- 原产美国，我国华北地区常有栽培。
- **栽植地点**：校园多处有栽植。学2号楼西侧墙、学3号楼西侧墙、理学楼北侧墙、国槐大道东侧墙有栽植，多为地锦与五叶地锦混合栽植。

凌霄

- 凌霄为紫葳科凌霄属落叶藤木，别名紫葳、大花凌霄。气根攀缘生长，高可达20米。树皮呈条状纵裂，小枝紫褐色。奇数羽状复叶对生。顶生聚伞状圆锥花序，较稀疏；花唇状漏斗形，径6～8厘米，鲜红色或橘红色。蒴果圆筒状。花期6～8月，果熟期10月。
- 凌霄为著名的攀缘植物，是垂直绿化常用树种，北京地区种植在背风向阳处可露地越冬；夏季开花，花大而艳丽，花期很长；叶色翠绿；枝干虬曲古朴，具有较高的观赏价值，是优良观花藤木。
- 产我国中部地区，现东北南部至华南地区普遍栽培。
- 另有一种美国凌霄，与凌霄的主要区别是羽状复叶的小叶多，大于9枚。
- **栽植地点**：校园多处有栽植。学2号楼南墙、学3号楼南墙种植较多，科贸楼东栏杆校园一侧有集中栽植。

垂直绿化的样板

在学 2 号楼和学 3 号楼的西侧墙上，爬满了藤本植物地锦（俗称爬山虎），春夏秋三季，浓密茂盛的叶片几乎将墙面完全覆盖，叶色随着季节在变化，初春嫩绿鲜亮，夏季浓绿如瀑，秋季由火红到深红，给人不同的视觉感受。冬季钢筋铁骨般的藤枝牢牢爬在墙面，无论严寒劲风毫不动摇，给人刚毅的感受。这里正好面向南北主马路，银杏大道中段西侧，是学校的中心区域，无须驻足

观赏，满墙绿色自入眼帘。

在学 2 号楼和学 3 号楼的南侧墙面，则是另一种藤本植物凌霄，凌霄稍畏寒，攀缘性稍差，因而选择种植在阳面。凌霄不仅叶色、叶形观赏效果好，而且它的花非常漂亮，橙红色的喇叭状花朵，长约 6~8 厘米，直径 5 厘米，多个花朵生长在一年生小枝枝头，在绿叶衬托下，鲜艳夺目。

其实，学 1~7 号楼都是以这种模式栽植植物的，阳面种凌霄，侧面和阴面种地锦。只是 30 多年过去了，这些楼都经过大修，保存较好的是学 2 号楼和学 3 号楼西侧墙的地锦和南墙的凌霄。学 6 号楼后来进行了重建，学 7 号楼重建成了公主楼，种植在这些地方的凌霄和地锦自然也就不存在了。

地锦和凌霄是当年北京地区垂直绿化的先锋树种。20 世纪 80 年代为了响应开展垂直绿化的号召，也是为垂直绿化树立样板，我们同时在 7 个学生楼四周栽植藤本攀缘植物，在当时的北京高校也是规模较大垂直绿化工程。

（郝建华）

巨柏

- 柏科柏木属大乔木，高 25 ～ 45 米，胸径 1 ～ 3 米，稀达 6 米。树皮纵裂成条状。生鳞叶的小枝排列紧密，粗壮，不成平面，常被蜡粉，枝皮裂成鳞状薄片。鳞叶斜方形，紧密排成整齐的四列，背部有钝脊或拱圆，具条槽。球果卵圆状球形。
- 材质优良，生长很慢，寿命可长达 2500 年以上。适生于干旱多风的高原河谷环境，林芝巴结附近山坡有纯林。
- 分布于西藏雅鲁藏布江流域的郎县、米林及林芝等地，多在海拔 3000 ～ 3400 米范围内。
- **栽植地点**：校园生物楼南东边绿地有种植。

来自西藏的林芝巨柏

位于生物楼前东南角的草坪上，种植了两棵不寻常的柏树，它们来自于西藏农牧学院（前身为西藏大学农牧学院）。2013 年底，西藏农牧学院作为纪念礼物赠送给我校。该柏树名为林芝巨柏，又称雅鲁藏布柏树，属国家二级保护树种，也是西藏林芝特有的树种，主要分布在西藏雅鲁藏布江沿岸和尼洋河下游的河谷地带。

2013 年 12 月，时任西藏农牧学院党委书记的纪建洲把我叫到他办公室对我说：“2014 年是北京林业大学对口支援西藏农牧学院的 20 周年，准备赠送北林两棵西藏林芝巨柏以作纪念。”从纪书记的办公室出来后，我立刻在电话中向学校作了汇报。按照纪书记的指示，联系农牧学院的相关单位和人员，协助他们一起办理树苗的托运手续。

十几天后，承载着西藏农牧学院对北林的深情厚谊和真情祝福的林芝巨柏树苗到达了学校。也许是经受了长途跋

涉，又是来自于青藏高原，当时又是 1 月份北京最冷的季节，尽管邮寄包裹对树苗做了多层防护，但初到学校的树苗还有些不适应，树枝枯萎，叶片发黄。学校高度重视，对初来乍到的树苗进行了妥善安排，将树苗放在学校的苗圃温室内，让它适应一下北京气候，温暖安全过冬，来年开春时再在校园内种上。

每次从林芝回学校，我都要去生物楼前看看这两棵树，观察它们的长势情况。看到它们比上次又长高了，枝条又多了，心里非常高兴。因为这两棵树，我对林芝巨柏也特别关注。在林芝的巴宜区有一片柏树林，每逢周末有空，我都要骑上自行车来这里看看。巨大的塔形树冠，挺拔的树干，剑指蓝天，蔚为壮观，有一种“直挂云帆济沧海”的昂扬生命力。

这几年，西藏农牧学院的办学也取得了丰硕的成绩，为西藏农、牧、林、水利、水电、生态等行业培养了 2 万余名专业技术人才，成为西藏各级领导骨干、科研骨干、管理骨干的摇篮，形成了立足高原、面向西藏、服务“三农”的鲜明办学特色。2016 年 6 月，教育部批准单独设置西藏农牧学院，10 月学院接受了教育部本科教学审核评估。

祝愿这两棵林芝巨柏早日长成参天大树！祝愿北京林业大学与西藏农牧学院的友谊地久天长！

（刘忆）

栎属

栎属树木属于壳斗科（也称山毛榉科），落叶或常绿乔木，个别种为灌木。枝有顶芽，芽鳞多数。单叶互生，侧脉为羽状；叶缘有锯齿或波状形，个别种叶全缘。雄花序为下垂柔荑花序。坚果单生，总苞碗状，形如“壳斗”，其鳞片离生，不结合成环状。

栎属树木有多重用途，材质坚硬，是优良的硬木材料，蒙古栎叶子可以饲养柞蚕。

我国产50种以上，南北均有分布，多为温带阔叶林的主要成分。北京地区栎属树木为落叶乔木，北京常见的有栓皮栎、槲栎、辽东栎、蒙古栎等。

栽植地点：学校实验林场。第2教室楼西侧南门口附近有一株多干蒙古栎，第2教室楼东侧有两株蒙古栎。

校园里和林场的橡栎类

橡栎类，是林业上的大树种群，我们在这说的是 *Quercus* 这个属，它是华北的主要树种。华北山上主要是松树、栎树，橡栎不是指一个种，至少包括五六个种，像麻栎、槲栎等，是一个大家族，抗性比较强，木材也比较好，是一个稳定生长的树种，生长效果好，比当地的树种有优势。

1956 年我刚刚从苏联回来，那时候在学校南边有条完整的林带，另外去五道口的高压线西侧也有一条林带，尝试种植橡树作为主要林带，可是都没有成活。原因是当时引进的为山地树种，山地的土壤是中性微酸性土壤，而平原土偏碱性；另一个原因是 20 世纪 50 年代的海淀区土壤地下水位比较高，清华东路还没有硬化之前，冬天一过冰化了土壤就会翻浆，我们自己的苗圃往地下挖一米就会出水，这种情况下，栎类是没法生长的。所以，我们校园里原来没有橡栎，都种在山上。

现在情况改变了，地下水下降，平原地区也可以种植橡树了。在我们学校 6 号楼下，有一棵比较好的蒙古栎；图书馆背后眷 18 号楼前，有两棵槲栎，但是这两棵树在枫杨树冠的影响下，可能长不好了。

20 世纪 50 年代西山造林时，我们最看好的是栓皮栎，以王林教授为主的好几位先生在山上，栽植了我们自己本土的栓皮栎林，现在这片人工林还长得较好。1956 年他们从苏联引进了美洲东半部（与中国东半部相似）的红栎和欧洲夏栎（橡栎）。原本已育苗，也栽了一些，但是由于下乡等原因，60 年代回来后，只剩下几棵还在，秀峰寺下停车场北侧的小山坡有几棵，已经被围起来保护。最近，北京植物园、中国科学院植物所也有引种，但没有我们的早，也没有我们的长得好。

我们的校园应该成为树木园，现在是引进合适时期，在现有 200 多个树种基础上选好地方，合理规划，去除不好的或者很多的树种，改种好的树种。

（根据沈国舫院士口述整理）

英 桐

- 别名悬铃木、二球悬铃木、英国梧桐。属悬铃木科悬铃木属高大乔木，树高可达 35 米，胸径可达 4 米，干皮呈片状剥落。枝条开展，幼枝密生褐色绒毛。叶片广卵形至三角状广卵形，宽 5 ～ 12 厘米，3 ～ 5 裂，叶裂深度约达全叶的 1/3。球果通常为 2 球 1 串，果径约 2.5 厘米。花期 4 ～ 5 月，果 9 ～ 10 月成熟。
- 英桐是美桐和法桐的杂交种，与其他两种主要区别是球果通常 2 球 1 串，美桐为 1 球 1 串，法桐为 3 球 1 串。
- 英桐还有一些品种，各地有栽培。英桐是著名的行道树、庭荫树和观赏树。速生，萌芽力强，耐修剪，对二氧化硫及氯气等有毒气体有较强的抗性。是三种悬铃木中抗性最强的一种。
- 世界各国多有栽培；我国各地有栽培，英桐占比例大。北京地区可露地栽植，但幼树需适当防寒保护。
- **栽植地点**：校园多处有栽植。20 世纪 50 年代种植，多为大树，保存下来的较多，学 5 号楼、学 2 号楼与学 4 号楼、学 3 号楼之间马路两侧，林业楼与生物楼之间马路两侧，林业楼南，森工楼南，主楼东侧，学研大厦西南北马路西侧有栽植，主要是英桐和美桐混合栽植。

雨天梧桐

这段时间，北京的天气出奇的好，高远深邃的蓝天下，几朵柔软的云随意飘浮着，阳光贼亮贼亮的，仿佛将整个大地都照亮了，却又不觉得热。几乎每天傍晚，都会有阵雨倏忽而至，宛如突然间来了千军万马，一阵厮杀过后，突然片甲不留地腾空消失了，余下的唯有清风阵阵萦绕和闲心三千惆怅。

这般景象和心境是多么的熟悉。若干年前，我还是在校的大学生。每逢六七月份，几乎每个傍晚都会有阵雨来袭。那时候的我，最喜欢趴在宿舍窗前，充满欣喜地等待阳光隐去、乌云卷来的那一刻。我曾试图想搞明白，那些载满雨的云究竟是从哪个方向聚拢而来，又遵从于什么样的指令倾泻而下。饶是望穿双眼，挠破脑袋，也没寻出个门道道来。雨还是不早不晚，傍晚时分，准时到访。

我自小生活在南方，那里的雨是一丝一缕悠悠地下，即使淋上半晌也不觉得狼狈，相反，倒是有一种闲庭信步的潇洒。而这里的雨就像个地地道道的北方汉子，先是出于礼貌，派狂风来告知一番，却不及你做好准备，大雨滴就像豆子一样忙不迭地倾倒下来了。看着不及躲雨的行人，欢乐而狼狈地逃窜，我亦是兴奋地手舞足蹈，仿佛也参与了阵雨的这场恶作剧。

为了省去带伞的累赘，我常常是见缝插针，在雨点转小，几近要停的时候，步出房门。宿舍区的主干道两旁，是两排高大浓密的梧桐树，行走在雨后幽暗的树林中，恍若穿越了时间的隧道，光阴就此停止，人便成了画中永恒的影子。

与梧桐树林垂直的是两排格外挺拔的银杏树。那些银杏树是多么的风光啊！几乎每一个步入校园的行人，都无法忽视它们的存在，就像专门恭候在那里的仪仗队，即使乐章还没有响起，谁也无法不对它们肃然侧目。而每一个走出校门的学子，都会对那两排银杏树林念念不忘，那里有他们遗落了的青春和青涩的记忆。

比起光鲜挺拔的银杏树，古老的梧桐是那么的貌不惊人，倘若没有雨天里

的荫庇，你根本留意不到头顶上方那片浓密的绿色天空。它们的存在是那么的理所当然，仿佛早与周围的一切融为了一体，以至于我们常常在金光灿烂的银杏大道上欢呼留念，而完全忽视了同样美丽却沉默不语的梧桐树林。

它是那么的沧桑，粗大斑驳的树干，仿佛因为承载了过多的悲伤离合，而伤痕累累。枝叶早已越过我们目光所及的高度，在我们看不见的地方，悄悄攫取营养。那些看不见的根系，想必早已越过同样沧桑的宿舍楼，遍布了校园的每一个神秘角落，甚而可能在某个深夜悄悄探出了校园，逡巡了繁华的城市大道。

那时候，校内仅有的几栋学生宿舍楼，都坐落在梧桐树林的两侧，所有的学生来来往往，都必然经过这里。静默两旁的梧桐树，就像一个个充满智慧的老人，不动声色地呵护着每一个从旁经过的学子。它听尽了各种各样的小情话，也知晓伤心人的辛酸事，除了默默的祝福和轻轻的叹息，它一动不动，等待着我们慢慢长大。

如今的我们早已分散四方，各自拼搏，各自精彩。偶尔，我们还会谈起我们的学生时代，谈起伴随着我们长大的美丽校园。秋天到了，大家还会习惯性地想念银杏大道，想念着我们曾经拥有的青葱时光。

而我却越来越想念雨天里静静矗立的梧桐，总是想象着某一个夏日雨后，又回到梧桐树下，缅怀着已经远去的青春，心却如同古老的树干一般，坚定而淡然地守候着周围的一切。终究，我没有再回去过，虽然就那样的近在咫尺。就像你一直保存着的昔日旧照，纵然是念念不忘，却还是舍不得翻出来细细品味，仿佛一旦开始缱绻过去，就不得不承认青春已逝的事实。

就这样，北京的天空一遍又一遍地接受着雨水的漂洗，蓝色越来越薄，几近透明。仰望着这样的蓝天，我甚至有一种幻觉，或许北京的天空自始至终都是这样的美，只是我们忘记了抬头。

（倪潇潇）

白蜡

- 白蜡是木犀科白蜡属落叶乔木，高达15米。树冠卵圆形。小枝光滑无毛，节部和节间形扁。奇数羽状复叶，对生。雌雄异株。花小，杂性或单性，圆锥状花序侧生或顶生当年生枝条上。翅果倒披针形。花期3～5月，果期10月。
- 白蜡耐水湿，是盐碱地造林绿化树种之一，在园林绿化中大量使用，秋季落叶前叶色变为黄色，可用作庭荫树及行道树栽植。
- 分布在我国东北南部、华北、华中、华东、华南、西南等地区。
- 另外还有几种白蜡比较常见，有小叶白蜡、洋白蜡、大叶白蜡等，非专业人士都将它们称为白蜡。
- **栽植地点：**校园多处有栽植。老树保存下来的较多。学1号楼北、主楼北、森工楼北侧和田家炳体育场至第1教室楼东西马路两侧。

@那一片金色的叶子

进入 10 月，运动场通往教学区大道上的白蜡树成为了大家关注的亮点。它高大耸立，枝叶繁茂，金黄的叶子布满了大大的树冠，在湛蓝天空的映衬下，显得格外美丽，吸引了不少的师生前来摄影、留念。这是一个秋景黄金时代的序幕，因为过一阵子的校园南北主干道上那“闻名遐迩”的两排银杏树更会成为这个季节的经典。

其实，这样的景致每年都会发生在北林校园，一天又一天，一年又一年，但是每年大家都还会像第一次一样兴致勃勃地去关注、去欣赏，想着办法去留

住这份美丽，如今加上有了微信、微博、网络，大家还乐意发到圈里与亲朋好友去分享。我想，这不仅仅是一种情趣。

曾记起一个与树相关的故事。以前上学时相识过一个护林老人，他说最见不得林子被人偷伐，看着那些半高不低、茬口歪歪扭扭的树桩，他常常伤心的落泪。这些树并不属于他自己，他只是因为看着它们长大，不知不觉却有了深的感情。我想，这也许是一种特殊的情意。

一位十多年不见的同学在网上专门问，咱校的树叶该黄了吧？这一刻，除了赶紧给她发一些照片外，还想着好久没问候的昔日的同学和师长。我想，这是树带给的牵挂。

或许因为我们是学林的，职业让我们与树有了不解的情怀。树从来没有说过一句话，却带给了我们美丽，同时也给了我们一种力量，一种支撑着精神世界的力量。

（李香云）

木 香

- 木香是蔷薇科蔷薇属落叶或常绿攀缘灌木，高达 6 ～ 10 米。枝细长，柔软，绿色，光滑，少刺。奇数羽状复叶。花白色，香味浓，伞形花序。蔷薇果，近球形，红色。花期 4 ～ 5 月，果期 9 ～ 10 月。
- 木香是园林绿化中广泛栽培的著名藤本花木。藤条细长，花色洁白，香味浓烈，闻香、观花、观果俱佳。
- 产我国西南地区。北京地区，在背风向阳处可露地越冬。
- **栽植地点**：生物楼南西侧窗下绿地。

跨越时光的芳香

1956 年初，第一批北林的教师踏上这片绿色土地，面对着这片校园，他们在心中默默地勾勒了无数美好的景象，几乎是充满惊喜的，教师们在校园内寻找认识的那些“原住民”。而在旧称专业楼，现为生物楼的楼角处，他们被一缕缕芬芳扑鼻的气息吸引，寻香而至，只见在深色的砖瓦旁，一片浓浓的墨绿中绽开了大片大片的洁白花朵，而那沁人心脾的馨香，就是从这株植物身上，随着煦风飘向远处。那便是木香。

木香，正如其名，其花朵吐蕊之时，正值 4 ~ 5 月，春末夏初，洁白或米黄的花朵镶嵌在绿叶之中，散发出浓郁的芳香，令人回味无穷，这也难怪古人曾吟诗道："身如香妃惹人醉，倜傥干隆解千愁。"木香属于攀缘小灌木，最高可达 6 米，我校的木香曾一度攀爬至专业楼的楼顶，甚至越过楼角，向着更远的方向舒展枝叶。木香之叶形为椭圆状卵形，先端多为急尖，至基部渐渐变宽，叶缘处有细的锯齿。

当问到陈世枢老先生关于木香故事时，她的眼睛微微眯起，似是沉入了回忆中，仿佛又看见了当初那专业楼前的木香生长得郁郁葱葱的情形……"那木香长可好了，都高到楼顶了！"形容到激动之处，陈先生不禁用手比划了一下，两臂间的距离却让我真真切切地感受到，当年这株芬芳绿色曾在楼角慢慢攀爬，顺着砖瓦，顺着高墙，然后在最高处有些不情愿地停下它的地盘扩张，在没有干扰的楼顶，舒展枝叶，用那浓密的绿色枝叶拥抱阳光……"那香味儿，老远都可以闻到！"陈先生停顿了一番，似是在寻找昔日那过楼高的木香所探出的枝条与花朵，给每个行人带来的芬芳馥郁的香味，每每春末夏初，道路上的行人感受着拂面的微风，以及随着微风而至的馨香，"可惜后来嫌它长得太高了，挡住了太阳，所以就把它给截了……"，说到此处，陈先生充满惋惜地叹了叹气，"现在可就没有那么漂亮喽！"。今天我们走过生物楼，若是能够闻见一丝浓香，再看见那墨绿中点缀着白花的，顺着墙角向上攀爬的植物，定然是那让陈先生念念难忘的木香了。

愿那自北林诞生之初便伴随北林的木香能够在今后的时光中，那浓郁的芬芳继续陪伴在北林的校园，成为每一个北林人的美好回忆：在多年后，春末夏初的某个微风拂过的午后，倏尔又忆起在那片绿色校园里盛开的、洁白的芬芳……

（陈伫蝶）

欧洲赤松

- 欧洲赤松是松科松属常绿针叶大乔木，在欧洲原产地，树高可达40米。树皮红褐色，裂成薄片脱落。冬芽红褐色，有树脂。针叶2针一束。球果熟时暗黄褐色，长4～6.5厘米。
- 主要分布于欧洲和西亚等地，我国有引种栽培，我国有欧洲赤松的两个变种——樟子松和长白松。
- 欧洲赤松材质细、纹理直，是良好的工业用材。
- **栽植地点**：学校实验林场。

鹫峰实验林场的欧洲赤松

北京林业大学的鹫峰实验林场有两棵可以称得上“俊美”的欧洲赤松，树干又长又直，树皮粗糙，呈青色或黄色。夏天枝叶繁茂，冬天傲然挺立。这两棵树填补了北京树种中欧洲松的空白，也是北京现存仅有的“纯种”欧洲松。

那是 1956 年，我在给苏联专家当第一助手，了解了欧洲赤松的特征后，在苏联专家帮助下进行了引种。1956 年底，收到了来自 Heruilaofusiki 林场的欧洲赤松种子，1957 年春天开始育苗。种子量大，在鹫峰林场和河北西林林场进行共育。可惜的是 1958 年大跃进，我在下半年被下放，不能在旁边照看，好多工作是当年的技术员齐宗庆做的，包括松树苗的移植栽种，但由于种种原因留下的并不多，目前只有这两棵了。

当初引种欧洲赤松主要是想克服北京的油松在低山干旱地区长期生长后易平顶的毛病，引种成功的欧洲赤松确实实现了这个目标。可惜的是，最近几年由于不断干旱，对于欧洲赤松来说，气候炎热会导致树皮出现虫害，树势减退，大不如前了。

（根据沈国舫院士口述整理）

白皮松

- 白皮松是松科松属高大常绿针叶乔木，高可达30米。树干不规则薄鳞片状剥落后留下大片黄白色斑块，老树树皮乳白色，因而称为白皮松。针叶3针一束。花期4～5月，球果翌年10～11月成熟。
- 白皮松是我国著名的常绿针叶树，树形美，幼时常培育为塔形、卵圆形树冠；树干具有特色，容易辨识，是北京地区园林绿化的常用四大松科常绿树种之一（另外三种为油松、华山松和雪松），也是造林绿化的常用树种。适应性强，寿命长。
- 产我国和朝鲜，是华北及西北南部地区的乡土树种。
- **栽植地点**：校园多处有栽植。较集中的地方有田家炳体育场，学7号楼南、林业楼北、生物楼南、森工楼西门口、森工楼北、理学楼南、实验楼南、眷16楼南有栽植。

记忆中的白皮松

1979 年学校恢复在现校址办学后，校园内劫后余存的片林已为数不多，现在的实验楼西边的侧柏林是很珍贵的片林，因为这片林子中有多株如今按古树保护的侧柏古树。而在这片侧柏林的东边，如今坐落着实验楼。这个实验楼在校庆 50 周年前还是图书馆，校庆 50 周年时新图书馆落成后，老图书馆改建为实验楼。实验楼这块地方，原来是一片茂密的白皮松和侧柏混交林，与它西边的现在保存很好的侧柏林是一个整体，东边白皮松较多。1983 年前后，学校为了建设图书馆，需要将这里的白皮松和侧柏移走，为图书馆腾地。那时学校没有专门的绿化机构和队伍，移树的任务交给了当时的教学实习苗圃，我那时留校工作不久，在苗圃当技术员，参加了这次移树工作。当时苗圃干部加工人 20 名左右，大家全部参加了这项工作。

我穿上苗圃配发的工作服，带着草帽，与工人师傅一起，从绑扎树冠开始，起坨，修坨，包裹，绑扎，挂绳，抬树，装车，运输，挖坑，栽植，支撑，浇水，参加了白皮松移栽的全过程。记得我一个下午挖了三棵树，做好土坨，然后与工人师傅配合包裹捆扎。一头汗，一身土，腰酸胳膊疼，但效率很高。包裹捆扎土坨是一个技术活，草绳扎得不均、不牢，在吊动时（当时是人工抬）容易散坨，会影响成活。经过这项工作，我较早学会了大树移植技术和

流程，为后来的校园绿化工作打下了基础。

这些白皮松一部分移植到操场，一部分移植到学 1、学 6、学 7 号楼南边。

30 多年过去了，操场的白皮松大多长势良好，树干长粗，树冠长阔，姿态优美。移到学 1、学 6、学 7 号楼南边的白皮松，前几年由于清华东路扩宽，学校南围墙北移，靠南侧的一行白皮松又一次被移走，移到何处不甚清楚，是否与它们在操场的兄弟一样茁壮成长。

30 多年过去了，我从小郝变成了老郝，而我们移植到操场的白皮松还处于青年阶段。看到那些白皮松，仿佛又回到了青年时代。林人，永远是年轻！

（郝建华）

毛主席纪念堂有棵白皮松来自北林大校园

去毛主席纪念堂瞻仰的人们，定能领略到中国人民在新民主主义革命时期英勇斗争的光辉历程，体会到我国各族人民决心继承革命先辈遗志坚持走社会主义道路、建设伟大社会主义强国的信念。纪念堂四周配置松柏、草坪和花坛，毛主席纪念堂坐落于万绿丛中，显得格外庄严肃穆。

作为绿化和装饰点缀的绿植，其中的一棵白皮松，便来自北京林业大学校园。

原来这棵白皮松就在现在北京林业大学基础楼（过去叫专业楼）的前面左侧。现在，那里仍然有一棵白皮松，其所在位置便是移植于纪念堂前的那棵白皮松的原栽植地。

过去，在北京林业大学校园内的白皮松以这一棵为最好。该树挺拔粗壮，胸径约 20 厘米，高约 10 米，树形端正，树冠圆满。1976 年 10 月 8 日，中央发出《关于建立伟大的领袖和导师毛泽东主席纪念堂的决定》。于是就开始在北京市全市选树，北京林业大学内的这一棵白皮松，正是这时候被选中的。接下来就是如何移植的问题。

对待这棵白皮松，颇为重视。起树时为了保全根系，先在其四周距根部 1 米处挖了方形壕沟。根部土坨用木板固定呈箱形，再用起重机小心翼翼地装上卡车运送到毛主席纪念堂定植。

白皮松被移走之后，随即在这块有灵气的位置上续栽了一棵。如今，在校师生仍会常常从这棵白皮松下走过。白皮松作为校园内绿植的代表，见证着北林的风风雨雨，续写和传承“树木树人”的北林精神。

（访齐宗唐同志随笔）

第二篇

缘分

梅花

- 梅花是蔷薇科李亚科落叶小乔木，高达 15 米。梅花是个大家族，多达几百个品种。梅花大家陈俊愉院士将梅花按种源分为 3 个种系，分别为真梅、杏梅和樱李梅。按枝形分为若干类，按花分为若干型。其中真梅的果核有蜂窝状小孔，可以据此辨认；樱李梅是紫叶李与‘宫粉’梅的人工杂交种，国内命名为美人梅；杏梅是梅与杏或山杏之天然杂交种，枝叶形态介于梅、杏之间，与杏花相似，花不香或微香。
- 梅花早春开花，比较耐寒，具有浓香而被人们喜爱，更因很多文人诗文描写和丹青大家以梅作画而驰名。国内有很多梅花专类园，花开时节游客云集。还有公园、社会团体在梅花开花时节举办的梅花盆景展，向公众展示梅花的美丽和魅力。
- 梅花是南京、武汉等市的市花。
- **栽植地点**：实验林场建有日光温室型梅花专类园、教学实习苗圃有梅花种质资源圃。

北京鹫峰国际梅园建设纪事

北京鹫峰国际梅园位于北京鹫峰国家森林公园（亦是北京林业大学实验林场）的中心区域，海淀区西北部苏家坨镇境内，北纬 39°4′，东经 116°8′。距市区仅 30 公里左右，离中关村科技园区上地高新科技园区外围地带 2 公里。2003 年启动规划设计，由国际梅登录权威、中国工程院院士陈俊愉亲自主持，按江南园林格调建造。北京鹫峰国际梅园以植物造景为主，体现梅文化主题，搭配各种植物，同时兼顾建筑、小品以及服务设施的形状和色调的协调与统一。本园以梅为核心，为北京市民及中外游人提供了一个旅游新亮点，同时，也是北京林业大学园林植物与观赏园艺专业教学实习和科研的重要场所。

梅，作为中国的名花已有数千年的历史，“梅花三弄”“疏影横斜”“暗香浮动”等诗句吟唱至今。古人赏梅，已不限于单纯停留在视觉方面，更赋予了梅的精神与文化。所以，在这个梅园中，我们立足于一个“品”字，从视觉、味觉、听觉、嗅觉、触觉五个角度去品梅，在江南古典梅林的氛围中来寻觅梅的芳华，尽情领略梅花与梅果之美。

梅园建造过程中得到了北京林业大学、北京市科学技术协会、中国花卉协会梅花蜡梅分会等单位和组织的大力支持。2005 年春从北京大兴和河北香河选择了第一批 180 株优质梅花品种栽植于梅园，以后每年都陆续从北京、河北、山东等产梅区域引进梅花品种。2008 年在梅园内新建一座 1200 余平方米的阳光温室，温室内栽植了一些不能在北京露地越冬的梅花品种。2010 年又从北京大兴、顺义，山东青岛等地引进最后一批梅花品种栽植于梅园，自此，梅园引进梅花工作告一段落。

北京鹫峰国际梅园经过近 13 年的发展已经初步成型。据统计，目前有梅花

65 个品种 1600 余株（温室内有 32 个品种 300 余株，露地有 33 个品种 1300 余株）。园内道路系统完备，全园分室外、室内赏梅。室外即“闻香寻梅”，片植梅花并按梅品种“二元分类系统”展示品种，以二级道路分割成真梅系和杏梅系、樱李梅系的种植区域，又以三级道路区分各种型；室内赏梅是在温室中分区展示梅国际登录的精华品种，以真梅系为主。

梅园内不光有梅花，还有榆叶梅、山桃、连翘、迎春等早期开花的品种，在建筑周围以“松竹梅——岁寒三友”的配植方式种植，展现中国特有的梅文化。构成了岁寒三友的景观梅花生长较好。目前已成为北京市民赏梅最佳观赏场所。据统计，每年从 2 月中旬到 4 月中旬，前来赏梅的游客有两万人左右。

梅园作为北京鹫峰国家森林公园一个重要组成部分，每年分流大量游客。4 月中旬至 5 月底、9 月下旬至 11 月上旬为北京鹫峰国家森林公园的旅游旺季，梅园内温室和露地的梅花花期为 2 月中旬到 4 月中旬，梅花的花期填补了北京鹫峰国家森林公园旅游淡季中的景观空白，成为新的亮点。

（苗少波）

梅花院士梅花魂

风姿绰约，梅花精神。品其灵韵，梅花情深。

生物楼东南角，那株美人梅在一片绿色里显得娇媚动人。深红色的枝叶，恰似美人脸颊的晕红流霞，丽色生春。在它令人夸赞的美丽背后，承载着一段鲜为人知的故事。

故事发生在 1957 年，当时，陈俊愉先生调往当时的北京林学院（现在的北京林业大学）任教，开始在北京进行“南梅北植”的研究与实践，要改变“自古梅花不能过黄河”的旧律。终于在 1962—1963 年间，选育出抗低温的新品种，象征着梅花从江南跨越 1300 公里来到北京。

又随着研究的进行，梅花的耐寒能力进一步提高。梅花欢喜漫天雪，梅花坚忍不拔的

品格被进一步体现。但无论是陈院士还是他的梅花，都饱受历史变迁的磨炼。

“文化大革命”期间，陈俊愉在之前的 20 年间所积攒的有关梅花的珍贵研究数据和记录都付之一炬，他也不得不接受劳动改造。所幸有几株优良品种被运至磨山，它们均是梅花珍品。“文化大革命”过后，恢复工作的陈俊愉于 1979 年梅开时节他再访磨山，被盛开着的梅花深深打动，之后编著了《中国梅花品种图志》，建立了中国梅花品种资源圃。

此后十多年里，他带领梅园几位年轻人远赴大山深处寻回许多珍品，如：安徽的‘徽州檀香’、云南的‘台阁绿萼’、南京的‘南京红萼’、上海的‘香雪宫粉’、美国的耐旱品种‘美人’，使磨山梅园的品种达 309 种 20000 多株，规模扩大至 800 多亩 *。

其中‘美人’，即是指‘美人梅’。‘美人梅’由重瓣粉型梅花与红叶李杂交而成，自 3 月第一朵花开以后，还会逐次自上而下陆续开放至 4 月中旬。花色淡紫，伴红色氤氲：花瓣起伏，如层层蝶舞。‘美人梅’花瓣疏叠，显得花团锦簇，婆娑多姿，同时，较淡的花色增其柔情而不失其艳丽。

陈俊愉院士及其领导的中国梅花蜡梅分会在梅花领域开展的研究处于领先水平，国际园艺协会于 1998 年授予他们为梅花及果梅的国际植物（品种）登录权威，这意味着规范梅花品种以合法名称的工作，将由中国人来完成。他遂在北京林业大学内成立了“梅花品种国际登录中心”。这为我国的梅花和果梅走向世界打开了一扇大门。

2012 年，由陈俊愉院士亲手种下的一棵他为之奉献了一生的‘美人梅’移栽至生物楼门前，翌年，陈俊愉老先生仙逝，享年 95 岁。陈老去世前曾计划为生物楼前这株梅题词：“香中别有韵，清极不知寒”，然而如今却再也没有机会。

真正动人的不仅只有梅花的坚韧与顽强，更有陈院士不畏磨难坚持科研的伟大。陈俊愉院士素有“梅花院士”之称，更有梅花之魂。“零落成泥碾作尘，只有香如故。”我们有感于陈俊愉院士生平爱梅之心，记此‘美人梅’之故事，以颂陈院士如梅之精神。

（杨雯媛）

---

* 1 亩 =1/15 公顷。

花楸

- 花楸是蔷薇科花楸属落叶小乔木，高达8米。羽状复叶互生，中部以上有锯齿。花小而白色，顶生复伞房状花序。花期5～6月，伞状花序如团团白云。红色的小梨果挂满枝头，10月是最佳观果期。
- 花楸树是园林绿化常用树种，果实可酿酒、做醋和果酱，富含维生素。
- 北京地区常见的还有北京花楸和水榆花楸。北京花楸为羽状复叶，而水榆花楸为单叶。
- **栽植地点**：校园行政楼南楼前绿地东南角有栽植。

从“山楂树之恋”说起

春天已经到了，山楂树马上就要开花了。上世纪 50 年代一首苏联歌曲“山楂树”流传我国大江南北，广受欢迎。的确，那山楂树的白色花丛下年轻姑娘对于爱情憧憬的诗意情怀，配上优美的曲调，实在能调动青年的浓厚兴趣，乐意抒情传唱。现今，当年的年轻人已经垂垂老矣，但他们的歌情不减，还影响了下一代、下两代。不然还怎么会出现了一个以此歌曲为基调的“山楂树之恋”的电影呢！

我是在前苏联留学的时候学会这首歌的，也很喜欢唱，但是我只用俄文唱。因为不知为什么，这首歌的歌名和歌词都被翻译错了。这首歌的俄文名叫“Рябинушка”。Рябина是一种树名，Рябинушка 就成了它的爱称。这个歌名中就带有了情感。更重要的是，Рябина 的拉丁名是 Sorbus，中文名应该是花楸树。花楸树是俄罗斯很常见的花木，我们中国的北方也有，只不过同属不同种，春季开白花，秋季结红果，鲜艳夺目。花楸树不同于山楂树，虽然同属于蔷薇科，但属于不同的属。而且两者

的形态差别也很大；山楂树的叶片是单叶互生有裂，而花楸树叶则是奇数羽状复叶有锯齿；山楂树的果大，红色，上有白色皮孔，而花楸树的果较小，但果序大，红色，较鲜亮。这两种树可用于观赏，但如果从秋季赏果的角度，则花楸树优于山楂树。花楸树是北美和北欧很为普遍的观赏树。笔者从美国的西雅图到加拿大的温哥华再到美国阿拉斯加州的安克雷奇，都看到挂满红果串的花楸树，成为一道风景。

我所以写这篇小文，因为每次唱“山楂树”这首歌时，都有一种张冠李戴的别扭感。过去忙，不管这闲事，现今老了，倒是有空管管这闲事了。我要为这首歌正名，更有意推出花楸树作为一种观赏花木加以推广。北京就有野生的花楸树，叫百华花楸，在门头沟的百花山和密云的雾灵山上都有分布。最近北京林业大学的老师们进行了北京市的植物种质资源清查，也有意把花楸树推出来，希望引起园林和林业界的响应。我写这篇小文还有一层意思，那就是我们的文艺界不少人生物学知识素养不高，经常在文章、小说中做出错误的自然描述。明明在北方的情景中却出现了南方的马尾松，明明在南方的情景中却出现了只有在北方及高山上才有的白桦树，至于对树木的精确命名更是少见了。对比之下，俄罗斯的文学家们在自然描述上是很科学到位的，从普希金到托尔斯泰都是这样，尤其是屠格涅夫对俄罗斯大自然的精湛描绘堪称一绝。这实在也是知识分子群体的文化素养的表现。俄罗斯歌曲中对树木名称都有准确的表述，除了“Рябинушка”以外，还有像很有名的“红莓花儿开”唱的是“калина”，中文名是荚蒾（琼花），而在“喀秋莎”的歌曲中则唱的是梨花。我希望我们中国的文艺工作者们该学点什么了。

（沈国舫）

红花玉兰

- 红花玉兰（*Magnolia wufengensis*）是木兰科木兰属玉兰亚属的落叶乔木，高可达20余米。树皮灰褐色，幼树灰白色。先花后叶，花单生，花被片9，近匙形、大小近相等，整个花被片内外均红，外面深红、内面略淡。单叶互生，叶倒卵状或倒卵状椭圆形，先端有小突尖，叶背沿主脉两侧有平伏状长柔毛，宿存至老叶。花期3月。
- 另有红花玉兰新变种‘多瓣红花玉兰’（*Magnolia wufengensis* var. *multitepala*），花色与红花玉兰相近，但花被片数目变异丰富，目前发现的有9、12、15、18、24、46。
- 红花玉兰花大而艳丽，是初春赏花的极佳素材。株形优美，可作为重要的园林绿化和风景林营造树种。蓇葖果具有辛夷的药用价值，且叶、花提取物具有化妆品原料开发潜力。
- 原产我国湖北五峰海拔1000～1500米的山坡上。今云南、湖北、江苏、河南、北京等地有栽培。
- **栽植地点**：校园5号楼南侧草坪有栽植。

观红花玉兰发展，悟花匠精神

7 月，正值红花玉兰的生长旺季，浓绿的新梢不断向枝顶伸长，洋溢着夏日的勃勃生机。因开花早、花色红，红花玉兰一经面世便备受瞩目。除了开花娇艳多姿，它的枝叶和树形也十分优美。外业中，每当我看见红花玉兰，主干静静伫立于土壤，倒卵状叶片却迎风摇曳生姿，我总在心中感念红花玉兰团队的领军者马履一教授：幸有教授当年“慧眼识花”，发现了那株山野掩映中、花色纯红的玉兰树。

2004 年初，在湖北五峰县的山林里，马履一教授正领着学生做玉兰种质资源调查，劳累间却被一抹红色深深震撼——一支支红艳的花朵傲然绽放于枝

头，令四周的山野顿失颜色。马教授敏锐地感觉到，这一花色奇特的乔木极有可能是稀有的植物新种，于是立即组织了一支考察队深入五峰大山探寻。调查区山高林密，有的地方甚至人迹罕至，再加上阴雨不断、山坡泥泞，考察进行得十分艰辛。然而当一株花色红艳的玉兰树映入眼帘时，所有的汗水都化作了笑声。这是一株花被片数目为 9、颜色内外全红的玉兰，从形态特征上看，从未出现在木兰科的“族谱”上。后来，考察队又发现了花被片为 12 ~ 24 瓣不等的红色玉兰。所采标本经著名树木分类学家洪涛教授鉴定，确定其为植物新种，后分别定名为红花玉兰（*Magnolia wufengensis*）和多瓣红花玉兰（*Magnolia wufengensis* var. *multitepala*），其定名文章于 2006 年发表在《植物研究》期刊上。从此，这一玉兰大家族中的红花奇珍开始亮相于世人，它丰富的花部形态变异也为后来成功选育出多个新品种埋下了伏笔。

红花玉兰无疑将为园林绿化增添一抹新光，然而调查结果显示，其野生型仅 2000 余株，保护工作迫在眉睫。团队当即决定，对红花玉兰野生资源严密保护，防止盗挖和破坏，同时积极展开红花玉兰的深入研究和培育试验。经过长期的科研攻关，团队成功掌握了红花玉兰的种子储藏和催芽、播种育苗、嫁接育苗技术。马履一教授曾说：“最值得骄傲的是，我们通过现地和异地保护措施，克服各种困难，使得全世界仅有的一株 9 花被片红花玉兰繁衍了数十万株后代，让这株世界最稀有的树种不再孤单！”

红花玉兰是大自然给我们的最美馈赠，这份馈赠始于科研，也终须落于生产实践。在五峰县政府的政策支持下，依托院士专家工作站、园林绿化公司和种植合作社，红花玉兰真正实现了产、学、研的有机结合，为山区百姓带来了脱贫致富的福音。如今的五峰县，已经拥有红花玉兰苗木基地 500 余亩，繁育优质苗木 300 余万株，是当之无愧的“中国红花玉兰之乡”。在产业发展的带动下，除原产地湖北五峰外，红花玉兰已在我国云南大理、河南郑州、北京等多地扎根、壮大，足迹跨越纬度差 15° 的国土。去年早春，多地栽培区传出“红花玉兰迎寒绽放”的喜讯。如沈国舫先生所建议，“将苗

木、旅游、药材等多种业态结合起来”，红花玉兰产业发展还将大有可为。

许是念于科研中与红花玉兰结下的缘分，团队中桑子阳、朱仲龙两位师兄于 2011 年、2012 年毕业后，先后选择了扎根五峰，一心为红花玉兰的产业发展奉献韶华，在五峰的土地上书写着最朴实的论文。马履一教授说过，“发展红花玉兰，就得有一种花匠精神”，这是教导我们要盯准目标、科学方法、砥砺前行。正是由于这种花匠精神，团队才能十余年来一直坚持搞红花玉兰科学研究、促红花玉兰产业发展，已毕业 3 名博士、9 名硕士，还有更多的研究力量投入其中。花匠精神将在我们整个团队中一直传递下去，伴着红花玉兰走向全国、走向世界。

前几日去北京苗圃调查，发现数棵红花玉兰大苗上，有毛茸茸的饱满花芽挺立枝头，只待来年春天一展娇姿。盼望着，盼望着，盼望着红花预告春日的那一天。

（张山山）

刺 槐

- 刺槐是蝶形花科刺槐属落叶乔木，又名洋槐。树高达 25 米。树皮灰褐色，粗糙纵裂，枝具托叶刺。叶互生，奇数羽状复叶。总状花序弯曲下垂，腋生；萼筒上有红色斑纹，花冠蝶形，5 瓣，白色。荚果扁条形，果长 4 ～ 10 厘米，沿腹缝线具窄翅。花期 5 ～ 6 月，果期 8 ～ 9 月。
- 刺槐耐干旱瘠薄，适应性极强，是较好的造林绿化树种。园林绿化中一般作庭荫树、行道树或栽植成片林。花序繁茂，洁白芳香；花朵还可食用。
- 原产北美，20 世纪初从欧洲引入我国青岛，现我国南北各地均有栽培，华北地区、黄河流域生长最好。
- **栽植地点**：校园多处有栽植。多为大树，保存下来的较多。学 3 号楼北、学 4 号楼北、学 5 号楼南、第 1 教室楼门口南北马路、西家属区东侧南北马路南段有栽植。

刺槐花香与林学情怀

这些年，我给本科生上两门课，一门是林学专业的“森林培育学”，一门是城市林业方向的“森林游憩”，都在春季学期。每年 4 月中下旬，我都会在课堂上问同学们一个问题：“近日校园有何不同？”，每年大家的回答都会让我感动。他们大多能脱口而出：“槐花香浓”。要知道，那个时节，校园里姹紫嫣红，有各种各样的花香，还有城市春季的其他味道，他们能在纷繁复杂的味道中识得槐香，前年上课时我突然悟出这是林人的情感，这是林学的一份“情怀”。

每到刺槐开花时，我总会到学校一教门口前的两排树下，去感受那一份我能读懂的沁香。特别是在晚上 11 点多钟加班回家的路上，一定要绕行这条路。春季的夜晚凉爽宜人，微风一准会把那缕甜甜、柔柔、幽幽、淡淡却又浓浓的香送达你身旁。这香像极了李健那“走心”的音乐，轻轻飘浮过来抓住你，让你享受“沁人心脾”，让你尽情去接受这份馈赠。于是，静静地呆个一小会儿，解了乏，打了“鸡血”，充满了“电”，悟了人生。想到在黄土高原老家上中学的春天，从河曲城关骑车回姥姥家夏营的路上，也有一缕清香会慢慢悠悠、飘飘忽忽地钻进你的心。停车循着花香走，总能看到那满树蝶形的洁白。索性坐在黄土梗上，闻着花香，静半小时。起得身来时，已觉接了仙气，小悟了人间。是否那时就注定了我今生要学林、研林，也未可知。

一教门口的这两排刺槐，沈国舫先生说是在 20 世纪 50 年代建校初期栽的，想来已有 60 多年了，它几乎全程见证了北林发展的风风雨雨。我们 1986 年入学后固定教室在现在的信息楼，一年级的春天就是闻着这花香愉快地度过的。学校里面还有几处刺槐，一处在操场北面老家属院的东边道路两旁，年龄与一教旁的相仿；一处是在主楼西侧的停车场旁，那是开粉红花朵的红花刺槐。刺槐，实实在在是由一个外来树种演变成了我国的“准乡土树种”。它原产美国东部的阿柏拉契亚山脉和奥萨克山脉一带。1897 年，德国入侵山东半岛以后，从德国引种刺槐并在胶济铁路两侧大量种植，然后传播了开来。现在，刺槐已经遍布全国，即使川藏线（G318）上海拔 3000 米左右也能看到满树的洁白，尤其是在西北黄土高原、华北石质山地，刺槐已经成为荒山绿化的先锋树种，像影片里冲锋在前的英雄，它为我们祖国的荒山增添了不少绿装。它真正是树木中的“白求恩”“柯棣华”。

刺槐槐花蜜是上等的好蜜，槐花拌凉菜美味无比，槐花拌面蒸了或炒或蘸调料吃想必是很多华北成年人的儿时美好记忆。20 世八九十年代，北京密云和怀柔的山地栽满了刺槐的短轮伐期薪炭林，2~4 年平茬一次，为山区群众送去了温暖。后来，我校田砚亭先生、罗晓芳教授、李云教授又从韩国引进了四倍体

刺槐，不仅在良种繁育方面取得了技术突破，而且还利用它富含蛋白的叶开发出了饲料并推广应用。李云教授则在刺槐的杂交育种方面突破了去雄难关，其开展的四倍体刺槐诱导率已经超过了国外。我所在的校国家能源非粮生物质原料研发中心，将刺槐作为我国固体燃料能源树种的重点研究对象，已在高能效品种选择、超短轮伐期矮林作业技术等研究方面取得系列成果，并有望在以刺槐为原料的先进生物液体燃料研究方面取得突破。我的博士论文是在沈国舫院士、翟明普教授指导下开展的杨树刺槐混交林树种间养分关系的研究，发现了刺槐与杨树氮磷互补利用和互补转移的奇妙现象及其发生机制。近日，森林培育学科的彭祚登老师研究小组发现多代刺槐人工能源林可促进山地土壤养分的大幅提高，这是人工林地力衰退的反证，刺槐林广泛培育的意义可见一斑。当然，刺槐林在石质山地上的林分也存在20年左右早衰的现象，如何合理培育和改造贾忠奎等年青学者已经在关注和研究。我校与刺槐有缘，近日成立的“国家林业局刺槐工程技术研究中心”也说明了这一点。

我的恩师们教我识得槐香，我也便要把这种识得坚定地传承下去。我的学生中，已有不少能识得槐香。我在这里不想点名了，因为太多、太多，也不想拉“仇恨”。他(她)们在槐花季都会谈论这份“识得”，谈论这份香的静静、柔柔、淡淡却浓浓。我便酸他（她）们几句，说他（她）们是有“林学情怀”之人。在现代社会繁杂的气味中，识得这份淡雅、飘忽入骨的香，也需要一种勇气、豪气、寻觅、求索、镇定与坚守……

天下花香无数，我却喜槐香无限。

（贾黎明）

合 欢

- 又名绒花。含羞草科合欢属落叶乔木，高可达 15m。小枝绿棕色，有皮孔。二回偶数羽状复叶，羽片 4 ～ 12 对；小叶 10 ～ 30 对，镰刀形或长圆形，长 6 ～ 12 毫米，宽 1 ～ 4 毫米，先端锐尖，基部截形；叶全缘，夜间闭合。头状花序，生于新枝的顶端，成伞房状；花粉红色。荚果扁平，带状，长 8 ～ 10 厘米，宽 1.2 ～ 2.5 厘米。花期 6 ～ 7 月，果期 8 ～ 10 月。
- 合欢为著名的观赏树种，可作行道树、庭荫树、群植观赏树栽培，是夏季开花树种之一，粉色绒状花朵非常美丽。树干容易遭虫危害，多因此寿命不长。
- 我国华北、华南、西南均有栽培。
- **栽植地点**：校园以前多处有栽培、现已消失。

永远的合欢树

在生物楼正门两侧，原来种着两棵高大的合欢树，那里留下了我青春岁月的记忆。

读大学时，因为我是从青海来的，又只读了两年的高中，高考成绩全班倒数第一，入学后，深感和同学的差距。笨鸟先飞，我只有比别人多用功、多花时间，才能赶上同学的脚步。大一下学期6月的一天，因为快要期末考试了，我吃完午饭，就拿着书去木板房教室学习。中午的太阳明晃晃地挂在天上，知了的叫声都变得懒洋洋了，教室里又闷又热，我的学习效率不佳，于是，拿着书走出了教室，循着树荫，边走边背，不知不觉就走到了生物楼门前的那条路。一阵微风吹来，眼前划过一抹粉色，一朵淡粉色的小绒球飘落在了书上。仔细一看这个小绒球竟是那样的柔软，全身上下没有一个花瓣，都是一些上粉下白的花丝，在热气中抖动着。仰头望去蓦然发现生物楼门前左右各有一棵伞状的大树，一片片羽状的枝叶柔软嫩绿，树冠上开满了粉红的花簇，如在半空绿树云中撑起一把把粉红色的小伞，既像鹦鹉头上的羽冠，又好似摇动的羽毛扇。散垂的花丝如马缨，点缀在郁郁葱葱的绿叶间，随风摇曳；如裙纱，在舞

女的陶醉中摆开，欲放又颔。低头望去，满地落缨，竟让炙热的水泥地，多了几分清凉和柔美。小心地捻着细细的花茎，仿佛捻着满怀思乡之情，轻轻地夹在书里，看着枝头儿的花蕊，闭上眼睛，深深地吸一口气，一股淡雅而闲适的清香沁入心田——噢，思乡的感觉竟然也会这般清甜！忍不住去仰望，忍不住去想知道她的名字……

第二天中午，我又忍不住来到这里，天依旧很蓝，树依旧很绿，小心地捡起地上的一束落缨，心中竟然增添了几分踏实和坚定。接下来的日子里，伴随着地上落缨的增多，我知识的积累也在增加，当枝头的粉红花簇踪迹全无的时候，我也结束了大一的学习，我的学习成绩也位居了班级中游。

第三学期，学习《树木学》这门课，我知道了这两棵树的名字——合欢。

在接下来的日子里，我经常到合欢树下走一走，站一站，看一看羽叶的柔绿，寻一寻小绒花的清香……就这样伴着合欢树的花开花落，我在大三时终于实现了总成绩全班第一，拿到了一等奖学金。

在合欢花再一次满地落缨的时候，我结束了四年的大学生活，留校做了一名光荣的人民教师，合欢树仍是我闲暇时去驻足观望的地方。随着时间的推移，我结婚生子，搬到了校外居住，家庭与事业的忙碌，让我渐渐地忘却了这两棵合欢树，直到有一日和同事谈起，才匆忙地想起去看看它现在的模样，这才发现它们已踪影全无，原来的位置已被两棵高大的玉兰树占据，方知，多年前这两棵合欢树不幸死去了。听到这个消息，我的心中涌出许多酸楚和不舍，合欢树不在，青春不在，唯有那段青春的记忆、那北林人的情怀将永远与我相伴……

（孙信丽）

硅化木

- 又称木化石、石化木、树化石、木石玉等。硅化木是地质历史时期（石炭纪到第四纪），主要由乔木、灌木等植物硅化作用形成的产物，具有重要的科学价值、实用价值和经济价值。
- 硅化木的形成十分复杂。数亿年前的树木因种种原因被深埋入地下，在地层中，树干周围的化学物质如二氧化硅、硫化铁、碳酸钙等在地下水的作用下进入到树木内部，替换了原来的木质成分，保留了树木的形态，经过石化作用形成了木化石。因为所含的二氧化硅成分多，所以常常称为硅化木。这种替换作用非常精确，以致于不仅如实体现出外部形状而且还体现出内部构造，有时甚至可以确定细胞构造，为研究古植物及古生物史和地质、气候变化提供了线索。
- 中国是世界上硅化木最丰富和发现最早的国家，目前硅化木遍布于全国20多个省份100余县市。
- **地点**：综合楼西南角。

亿年古木育新苗

似石非石，似木非木。您猜对了吧，这里想说的就是校园里的硅化木。这组上亿年的古木本就已够神奇，但是还有更加奇妙的一件事情，那就是最近几年，其中一柱硅化木的顶上竟然长出了活木，一株年轻的马褂木幼苗在上面盎然生长，幼嫩的绿叶随风摆动，与它的生长环境形成了鲜明的对比，构成了一道独特的景象。

这组硅化木位于学校综合楼西南侧的绿地里，共 21 个。颜色白黄，高低错落有致。学校于 2004 年将它们布置在校园里，便有了这个独特的景观，时常引来不少客人驻足拍照。尤其是当大家知道这是木头形成的，更是惊奇不已。据有关人士介绍，这些硅化木来自辽宁义县，一共是四棵完整的树，距今 1.5 亿年左右。由于考虑到

整体复原后的安全问题，经专家设计布置成如今的格局。硅化木不仅具有观赏价值，也是教学、科研的典型样本。

2011 年，排位第二高度的硅化木顶端出现了一个绿色嫩苗。被专家判断为马褂木。不知道是哪位有心人在其周围放了一些牛奶，后来又放了一些养护材料。就这样，6 年来，这个马褂木一点点长大，目前据目测大约有 40 厘米高，株体健康。据推测，有可能是鸟衔来的种子，在这里发了芽。

众所周知，硅化木来到了校园，自然成为北林树家庭里的一员，虽然它年龄“有点大”，但是却一点“不显老”。

（李香云）

阴沉木

- 又称古沉木、乌龙木、乌木、沉木、炭化木等，西方称为东方神木。属世界级名木及一类珍稀木材。木材切面光滑、材质坚硬、木纹细腻、永不褪色，具有永不腐朽、永不生虫、永不发霉、永不开裂等明显特点。有较大的利用价值、收藏价值和研究价值。只有高等植物，如香樟、楠木、红豆杉、青冈等植物才能形成阴沉木。
- 2000 ~ 20000 年前，原始森林中的木材，受地震、山洪、泥石流等重大自然灾害侵袭，成为被深埋于江河、湖泊、海底的枯木残根。在长期缺氧、高压状态下，以及在细菌等微生物的作用下，形成了一个长期而缓慢的碳化过程，经过数千年甚至上万年形成阴沉木。2 万年以上形成化石，100 万年以上形成硅化木，1000 万年以上则形成煤炭。
- 在我国东北松花江流域、黄河上游、长江中上游、金沙江流域等有分布。
- **地点：**博物馆西侧。

黑衣使者

在北林校园树木的家庭里，有一位神秘的“黑衣使者”，它浑身漆黑，不懂的人以为是烧焦了或者腐朽了的树，不曾想，这些木头就是传说中的“阴沉木”。

这些“阴沉木”是2012年学校60年校庆之际，水保81班全体校友献给母校的礼物，一共四个。开始放置在综合楼的西侧，后来移到博物馆的西侧。它们的存在是树木变迁中的一种独特现象，也给人们带来了不同的思考。

据校友张健介绍，乌木（又称“阴沉木”）兼备木的古雅和石的神韵，有“东方神木”和“植物木乃伊”之称。

乌木质地坚硬，多呈褐黑色、黑红色、黄金色、黄褐色，其切面光滑，木纹细腻，

打磨得法可达到镜面光亮。主要分布于四川、广东、广西、湖南、浙江等地。此批乌木产自浙江省金华市婺江。形成乌木的树木种类繁多，有麻柳树、青冈树、香樟树、楠木、红椿木、红豆杉、马桑、黄柳木、黄柏、槐木、檀木、铁力木等。

（李香云）

古夷苏木

这是一块树木的原始木块，6 米长，2 米宽，25 厘米厚，总重约 3 吨。距今 2000 多年的历史。来自云南的西双版纳。

地点：学研中心一层大厅。

有一位这样的“老人”

在学校学研中心的大厅里，静静地躺着这样一位安详的“老人”，他长 6 米，宽 2 米，厚 25 厘米。以其浑厚的气场，陪伴着每日来这里上课、学习的师生们。在他的面前无人喧闹，只有肃敬的目光和勤奋的脚步。他的名字叫“古苏夷木”。关于他的介绍信息并不多，但是每当走进学校学研中心的大厅，看到这块“古苏夷木”的时候，我都不由会去想象他以前的岁月，那密致的树体肯定需要上好的“修为”才能炼成，那无尽的年轮没有顽强的坚持怎能形成。

树木的精神就是这样的与众不同，他不仅体现在枝繁叶茂的生长期，也体现在他停止生命后的另一种形态，哪怕是百年以后、千年以后，哪怕是只有身体的一部分……

我把这块“古苏夷木”看成是一位慈祥的老者。因为他的生命一定是宽容、博大而内敛。他通直的躯干、顺畅而祥和的纹理证明了这一切。你抚摸着他，体会着那来自大自然的记忆。这不仅仅是安静，那是一份饱经沧桑后的静，让人感受到了岁月流逝，感受到了时代变迁。他一定见多识广，因为他不是滔滔不绝去说服别人，而是给了你思考的理由和空间。

我把这块“古苏夷木”看成是一位睿智的老者。因为他每个细胞记录了人生的哲理。他生活的种群一定有各种形态和品质的树，喜怒哀乐、酸甜苦辣也是他们成长的常态。记得哈佛大学校长福斯特曾经有一场著名的演讲，她在演讲中说过一句话“一个人生活的广度决定他的优秀程度”。对于树木来讲，

广度是什么？也许是它对成长环境的适应与看过的风景。对于我们来讲，广度是什么？也许可以理解为读过的书和走过的路。

我把这块“古苏夷木”看成是一位顽强的老者。他的年轮那样的细密，一定是在努力拼搏过程中的一步步积累。没有哪棵树一直会生活在风和日丽的环境里，也没有哪棵树不是顽强地去应对暴风骤雨而生长壮大。正是有了压力、有了挑战，才能让每一分的努力和进步都显得那么的珍贵。他用自己的方式激励着年轻人勇于面对困难，不懈追求理想。

多年以后，也许他还是那样厚重、宁静，但是你却在人生的路上获得了丰硕成果，让我们轻轻地向他打声招呼，您好……

（李香云）

十姊妹

- ‘十姊妹’也称‘七姊妹’，是蔷薇科蔷薇属野蔷薇的一栽培变种。落叶灌木，枝细长，上升或攀缘状，皮刺明显。花重瓣，深红色，常6～9朵形成扁伞房花序。北京地区5月下旬至6月中旬开放。
- 与‘白玉堂’一样，常用于园林绿地、栅栏、矮墙栽植，花色艳丽，花朵繁茂，极具观赏价值。
- 我国华北地区普遍栽培，北京地区常见栽培。
- **栽植地点**：原集中栽植在国槐大道西侧操场围栏上。现眷7号楼南西端教师阳台栏杆有栽植，校园其他地方有零星栽植。

白玉堂

- 白玉堂为蔷薇科蔷薇属野蔷薇的一栽培品种。落叶灌木或藤木，枝条细长，拱形下垂或呈攀缘状。无皮刺或有钝皮刺。叶互生，奇数羽状复叶。花多朵成圆锥状伞房花序，花白色，重瓣，有芳香。花期5月下旬至6月中旬，蔷薇果，卵圆形，8～9月成熟。
- 常用于园林绿地、栅栏、矮墙栽植，花色洁白，花朵繁茂，芳香，极具观赏价值。我国华北地区栽培普遍，北京地区常见栽培。
- **栽植地点**：原集中栽植在国槐大道西侧操场围栏上。现眷7号楼南西端教师阳台栏杆有栽植，其他地方有零星栽植。

贝海失珠

——忆校园消失的‘十姊妹’与‘白玉棠’花篱

上世纪八九十年代，学校体育场东边是一道南北方向的铁栏杆围墙，大约有七八十米长，与南北主道路北段隔离。围墙上爬满了茂密的蔷薇属藤本花木‘十姊妹’与‘白玉堂’。‘十姊妹’的花是重瓣深粉色，‘白玉堂’是重瓣白色；‘十姊妹’枝上刺多，‘白玉堂’枝上无刺或刺钝。开花时可根据花的颜色识别这两种植物，无花时可以刺的有无区分它们。这里的花篱上‘白玉堂’居多，‘十姊妹’量少，‘十姊妹’主要分布在花篱的北端。这两种花木都是先叶后花，在碧绿的叶子衬托下，洁白的‘白玉棠’开满花篱，一枝枝一串串，娇艳夺目，深粉色的‘十姊妹’更是光彩照人，盛开时节红白相映，互相斗艳，清香扑鼻，是校园最美的景色。

这里位于学校南北主道路北段，国槐大道西侧，花开时行人无不驻足观赏，也是摄影爱好者的拍摄对象，如果当年有智能手机，它们肯定会刷爆朋友圈。

这两种花木都是原教学实习苗圃用扦插方法培养的，使用的是三年生苗木。记得这里的花篱栽植过两次，遗憾的是都不是我亲手所植。第一次不知什么原因没有成长起来，第二次栽植形成了上述描述的景观，它们一直生长延续了很多年，也把美丽带给林大很多年。可惜的是后来它们消失了，大概是由于体育场改建，这里建设了高大的围栏，但没有把这两种美丽的精灵请回来。贝海失珠，作为林人，甚为怀念它们。

（郝建华）

珙 桐

- 珙桐是蓝果树科珙桐属落叶乔木，树高达 20 米。单叶互生，阔卵形，先端突尖，基部心形，缘有粗尖齿，叶脉明显。头状花序，下有 2 枚白色叶状大苞片，椭圆状卵形，长 8 ～ 15 厘米，中上部有锯齿。核果椭球形，长 3 ～ 4 厘米，核果上有多条西瓜纹式纵凹槽。
- 珙桐因其花朵形状酷似鸽子，被称为中国鸽子树，是我国特有树种，为国家一级保护树种。北京有引种试验栽培，我校教师在校园有引种栽培。
- 分布于湖北西部、四川中部及南部、贵州东北部、云南北部高山上。湖北神农架是著名的珙桐观赏地。
- **栽植地点**：春 18 楼南。

有缘的“鸽子树”

珙桐，这个别名为“鸽子树”的树种，曾经过北林大的专业技术保护，飞出国门被国家主席赠送到塞尔维亚。虽然我校校园里至今还没有栽培成功过珙桐，但是它是我们在一定时期为国家林业提供技术服务的一个侧影。

那是在 2016 年 5 月 30 日，学校（北林科技）接到国家林业局商请协助工作的函件。要求提供国家主席习近平赠送给塞尔维亚的珙桐树苗，并采取必要技术手段保证树苗成活率，还要求在 6 月 15 日前到达塞尔维亚。这是一项时间紧迫又艰巨的任务。因为珙桐是南方树种，在北方难以存活。因此，6 月 1 日，在国家林业局的协助下，北林科技从四川省北川县和湖北省恩施土家族自治州精选了 12 株珙桐树苗，陆续运抵北京。

为了保障树苗的成活率，北林科技立刻组织专家将树苗假植，并进行了相应技术处理。当时负责此事的是北林科技种业公司杨明琪，在他的组织下，工作人员把珙桐苗培育在学校的苗圃里，仔细“照看”。6 月 12 日下午，北林科技组织专家进行现场评审，从苗木形状、根系状况、枝条形态等专业角度，精心挑选出 6 株珙桐树苗，平均株高 1.6~1.7 米。

6 月 13 日一早，大雨下个不停，路上都起了水花。但是这项

工作却不能耽误。我作为宣传部的采访报道人员打着伞早早来到苗圃，虽然还没到 8 点，却发现三棵树苗就已经从苗圃里被“请出来”。工作人员正在用专业水枪清洗珙桐树苗。这是技术环节的要求，原来培育根部的大土坨要被清洗的干干净净。因为下雨，冲洗工作只能在苗圃边上的大棚子里进行，北林科技的乔转运总工不时过来看一下进度。根系和树身清理干净后，乔总工开始给树苗疏叶，他说叶子多了水分和营养消耗太大，不利于成活。不一会儿，一棵长满了叶子的树苗就剩下“零星”的一些叶了。当时我心里暗想这技术工作真是大胆呢，叶子少了反而有帮助。

上午 10 点多，受国家质量监督检验检疫总局委托，北京市出入境检验检疫局楚春雪一行三人到北林科技现场办公，履行相关检验手续，她们非常仔细地检查了树木的每一个部位，现场颁发植物检疫证书。然后，专业人员用专门定制的包装箱进行包装，并在其中采用技术方法以防治苗木在运输中损伤。当天下午，珙桐苗顺利地抵达了机场。

这是一个美丽的树种。它带着北林大的呵护长在了塞尔维亚。近年来，学校的教授们也多次尝试想让珙桐能长在校园里的自然环境里。在图书馆与家属楼的中间，王德祥老教授曾经引种了 8 棵珙桐树苗，但是很遗憾的是目前只剩下一棵，郝建华老师多年也在教学苗圃进行育种、发芽试验，目前还没出苗。这也许是一个科研过程，但也反映了林大人与树木的一种独特情怀。

（李香云）

The Trees in Beijing Forestry University

第三篇

情怀

记忆中的那些树

十年来虽说身在外，我的心却一直在北林校园里，总想着在有生之年，为建设美丽校园做点事；十年来在校园里引种和亲手栽种的一些特色树，每棵树都蕴藏着一个小故事。

先从学研大厦说起吧。2006 年前这地方是外语楼，楼前有棵广玉兰就是我引种过来的。后来它长大了，每年学生们上课认树，树木学老师都把它作为活教材。它高有 4 米，大大的叶子，5 月开的大花香香的，只是新楼建起，这棵玉兰树就不见了。

在森工楼西南角，有棵树叫苏格兰金莲花，是 2001 年从法国巴黎引进的，开始试种在大东流，之后移栽到这儿。全校园就这一棵宝贝。最初几年它水土不服，怕冻怕旱，原来的树干都死了，现在的树干是新长出来的。每年 5 月上中旬，树上就挂满了金链条。那时候老师就带着学生们一群一伙的来认树。

15 年前我主持 948 项目树状月季砧木引进与推广，同时引进一棵金叶香花槐，它被栽在主楼前西南那个土坡上，年年春天长出金黄金黄的叶子，开出香喷喷的槐花来，可惜现在也不见了。

学生 5 号楼前，有一棵玉兰，它叫京玉兰。当年先由大东流苗圃代养，以后被转手到苏州，再从苏州引回来。命够大的，没绝了种。它的优点是花期长，夏季里时不时地开出几朵花。花是中间型。

在林大附小门口，有一棵金叶榆造型树。它的名字叫“黄鹤归来”。有句古诗叫“黄鹤一去不复返”，我是反其意而用之。这是一棵诗情画意很浓的创意树，它长长的脖子长长的腿，椭圆的身子拖着个尾，如同国画一样写意。

（彭春生）

从“针叶树阔叶树先生”说起

朋友对我讲过一个笑话，一名学林的学生分配到某林场工作，场长想考察他的专业能力如何，于是信手指点着场里的树木，询问是何树种，有何特性。该学生抓耳挠腮，吞吞吐吐，最后只挤出了一句话：“这是针叶树，那是阔叶树。”消息传开后，他被大伙冠以“针叶树或阔叶树先生”的雅号。

笑话不能当真，但这个笑话却发人深思。在我们校园内，“六十分万岁，六十一分作废”的口头禅不正时髦吗？“九三”学社（早九点起床，午睡到三点）在同学中不是颇有市场吗？考试作弊在校园内不是屡禁不绝吗？酗酒闹事，打架斗殴，麻将赌博也时有发生。在这种不良思想和行为的影响下，少数同学每

日浑浑噩噩，百无聊赖，不事学习，他们不正是生活在我们身边的“针叶树或阔叶树先生”吗？

前不久，我曾在校园内的“课桌文学”上发现过一首小诗：“人生本应 party，无奈整天 study！只要考试 pass，拿到文凭 go away, 生一个胖胖的 baby，挣得多多的 money。All right all right。”这首小诗，用来描写我校的那些“针叶树或阔叶树先生”是再形象不过的了！你看，厌学是这些先生的共同心理，只求考试“过关”是他们的唯一动机，拿到文凭是他们的唯一愿望，不思进取，不学无术，得过且过也就成了他们的共同表现。待如此毕业后走上工作岗位，笑话百出自在情理之中。

“针叶树或阔叶树先生”不仅我们学校有，其他院校也大有人在。他的产生，与目前社会上出现的某些不良倾向不无关系，他的消失，一方面有赖于全社会形成“尊重人才，尊重知识”的良好风尚，同时也有赖于我们广大同学从“厌学风”的迷雾中跳出来，树立起为国建功立业的远大抱负，刻苦学习，认真实践，在校园内掀起学习和研究的热潮，使那些“针叶树或阔叶树先生”失去存在的土壤。只有这样，我们才能不虚度四年，并将真才实学献于我们的社会。

（高立鹏）

北林的秋

来北林工作 23 年。忙忙碌碌中，一直没有认真地欣赏北林的秋色。前两天走过著名的银杏大道，四周被金色包围。漫步在黄金隧道之中，有一种梦幻的感觉。北林校园是出了名的精致美丽，特别是秋天的景色格外迷人，年年引来无数游客。尤其是那条银杏大道为全国有名的校园景观之一。银杏树见证了北林的发展历程，迎送了一届届学子，陪伴着他们成长成才。即使学校外迁云南的 10 年间，这些银杏仍坚守着脚下的土地，等待着师生归来。

记得有一位日本教授来北林访问时，感慨地说：走过很多大学，北林的女生最纯真，有一种自然的美丽和气质。的确，我也觉得北林有一种“天人合一”的美丽。北林不仅校园美，学生也很有朝气。学生们来自祖国各地，近年还有不少留学生。也许学生纯真美丽的气质与校园的美，是互相影响、互相衬托的吧。

银杏代表北林的气质，也代表北林师生的气质：挺拔向上，抗病虫；春天里墨绿稚嫩，夏天里沐浴骄阳，秋天里金光闪烁，冬天里默默坚守。

23 年来，第一次专门为观赏校园景色，独自漫游校园各个角落，第一次独自爬到林业楼顶层尽览校园美景。……北林之秋，金色满园，真美！

（李文彬）

十年，那不变的银杏黄

2002 年的 8 月，接到大学录取通知书的时候是 8 月底，离开习惯了的辽西小城。说憧憬未来有些夸张，但是每个人的眼里都闪光熠熠。无知者无畏，确实如此。平静是最好的疗伤，不兴奋也不期待，正常地收拾背包，上路。

接站的校车把我们带进西南门。那时候开裂的有些复古风的木牌子还在，告知我们已经成为大学生。银杏树，理石路，爬满地锦的五层砖楼，一如我在文字中幻想的校园，小家碧玉般的宁静，邻家女孩般的亲切。

年轻的日子伴着专业情绪和满地酒瓶子肆无忌惮地流淌着。还记得专业概论课上一个瘦瘦高高的女生倔强地反问：“难道就不能做一个绿色环保人士？”还记

得香山“129”长跑在沿途充当志愿者，被路边热情的北京老大妈问是不是迷了路。还记得挑灯夜战写海报，和学生会的哥们儿趁着夜色四处张贴，却被保安当成贴小广告的。太多记忆留给了校园，自己也在北林的注视下成长。毕业那年，依然是我把每个兄弟姐妹送上火车，他们可以翻过一页重新开始，而我却在北林带着记忆继续生活。留校的日子，熟悉而又陌生。熟悉的校园，陌生的工作。也只有这个时候才真正了解北林，不到700亩的用地面积却生活着17000名师生。衣食住行，安全保卫，丝毫不能松懈。标本馆、实验楼、综合楼、学研中心、苗圃住宅，身边悄然之间的变化，方便你我，也提升着办学的实力。海报不再用手写，变成了彩色打印；校园周边低矮破烂的平房变成鲜艳芬芳的花园草地；爱校如家，是很多如我一样在此学习、进而在此工作的人常常提起的几个字。诙谐和自嘲的表象下，更多的是朴实的爱校情怀，就像满墙的地锦，历尽冬败秋衰、春夏绽放，却痴心不改，无怨无悔。因为这是我们的母校，是充满爱恨回忆、充满同学情谊的地方，更是充满着理想和希望的地方。校荣我荣，是融化在血液中的感受，你知我知。

来校一轮回。每年迎接新生的时候，依稀能够看到如我们当年一样闪光熠熠的眼神，满是希冀和梦想，这便是希望吧！是在不变的银杏黄中孕育的希望。

（杨金融）

雨中树

潮湿、闷热、知了烦躁地嗡鸣，沉重的雷声和白色的闪电为伴，夏日的阵雨，直泻而下，好像一种狂热的宣泄。

绿树在风中涌动，枝叶在雨鞭的抽打下低吟。风雨暴虐地一会儿把它们拉到左边，一会儿又把它们推向右边，它们仿佛喝醉了似地摇晃着身躯；但树干依旧笔直、岿然，绿色的手臂不屈地伸向那暗青的天空。

我的呼吸仿佛停止了，两只手木然地攥着冰冷的汗。

终于，风雨住了，一缕斜阳透出云层，显出非一般的庄严与灿烂。

树静静地，绿叶晶莹、眩目。树下一片狼藉，掉下的是片片碧青和微黄的枝叶。

雨中树，我的生命之树。

（费青）

树·花·情

花开又谢，叶绿又黄。可惜你还没来看过。花儿都开了，叶儿都绿了，一切都准备好了，就等你来。

上课、开会、活动、考试、生活，一切都在这花草树木之中。

骑着车穿梭在银杏大道中，不时望着树上的叶子，阳光透过树叶照下来有些刺眼；走在五彩斑斓充满着小清新气息的花丛旁，不由自主地想要凑过去嗅嗅香气。真好闻，然后突然就想家了。有机会一定要把爸爸妈妈、爷爷奶奶接到校园里来。一起在这散发着花香的林荫小路中散步，或者在满是落叶金黄的银杏大道上照一张全家福。他们来过这四年你生活的城市，你每天穿梭的学校，了解你的生活，就觉得家人离你并不远，他们仍旧是生活中重要的一部分。闻到花香，就会想到家。捧起落叶，就会想到亲人。家，走的再远也会回去的地方。

又是一年毕业季，朋友圈里满是毕业照、毕业答辩和那些即将离开校园的学长学姐们大喊的“老师，请最后再点一次名。”离开这里，将踏上一段新的旅程。心中装着对母校的热爱，无论走到哪里要记得发扬北林人的精神。在某个花开的春季或是叶落的秋季，回来看看这里的花开与叶落。

北林就是家。家，是走的再远也会回来的地方。

（刘岩）

校园的树

时光逃去如飞，两年的时光就这样转眼间过去了。昨天，我还是个刚入学的新生。今天，我即将步入在大学的第三个年头。初见北林，便是满目苍翠，绿色环绕的校园，带来夏日前所未有的清凉。走进北林，外面的喧嚣都安静了不少。校园是我学习的地方，是我成长的地方，也是我结友的地方。我风风火火、快快乐乐地在这儿度过了两年，也即将在这里度过接下来的两年。

校园里最有特色莫过于树，枝繁叶茂，每棵树都有二维码。虽然对植物是个门外汉，但两年里我认识了不少树种，连翘、银杏、美桐……球场跑道的东西两旁，各有一棵粗壮高大的柳树。柳树下，沙池、单杠、双杠、乒乓球台……美丽的校园，你还将伴随着我走过两年。我爱你，美丽的校园。

（曹津铭）

关爱校园每棵树

2012年11月3日至4日的雨雪天气，共造成我校9个品种15株乔木倒伏，死亡及受损的花灌木近千株。乔木中除1株国槐和3株柳树由于树龄老、长势弱、无法恢复外，其他倒伏树木均得到了及时扶植。

树木扶正后，重新挖坑种植，并打上支撑。修剪损伤枝条，回缩树冠。入冬前做大树盘，多灌冻水，保证植株的冬季水分需求。雪松和圆柏根据具体需要，做防风帐。伤根严重的树木，加施一些生根粉。明年春季适时浇返青水，并上适量春肥，保证其肥水充足，恢复生长。

在此期间，有许多老师和同学非常关心和爱护学校的树木，在痛惜损失的同时，纷纷建言献策。后经与相关专家会商，总务处制订了校园树木救治方案并加强对倒伏树木及受伤树木的后期养护工作，尽量减少此次雨雪天气对校园树木所造成的损失。

（王谦）

成长如树

2014 年 8 月，一个阳光明媚的清晨，我携带行李踏进了北京林业大学校园，仿佛走进了一片林海。这里的花草树木让人耳目一新，空气也更清新了几分。

漫步于银杏大道上，看两侧银杏树如战士般耸立于两旁，我心中莫名涌起一种安稳。这银杏枝叶的繁茂，粗壮的树干，又不失挺拔之气象，使校园显得更加祥和和唯美。

忽然想起了慕容茗厢说过的一句话："这一片盘根错落的茫茫林海，历经了四季的交替变幻，从春季发芽到夏季的枝叶繁茂孕育了新的希望，又从秋季风吹到冬季的枯枝败景，这一更迭的轮回，好似象征了人间的悲欢离合。"人生如树，有悲欢离合，有阴晴圆缺，有跌宕起伏……但是，这一切一切终究会过去。最后陪伴我们的，还是自己那颗坚强的心。正如银杏始终顽强地抵抗风雨的侵袭。

之后的许多个夜晚，我常常会坐在一棵银杏树下，静静地仰望星空。默默地回想着一天中发生的事，回忆自己的童年。从我懂事起，父母就给予了我极大的期望，告诉我要立志成才，好好学习……不仅仅是我，许许多多子女们都曾被望子成龙、望女成凤的父母们告知，不成才的人生是悲惨的。只有出人头地的人生才是真正可圈可点的人生。那么树呢？一棵树的一生，没有人会告诉它必须长成参天大树。它们从不必担心自己将来会成为无用之才。参天大树可供乘凉，朽木亦可当柴火。它们与鸟儿为伴，与朝露相依，在风风雨雨中一天天生长，无忧无虑。这便是树木的一生。

双手轻抚着银杏粗糙的枝干，我思绪万千。成长，其实就应像树木那样，坦荡无畏地面对挫折与苦难。社会上的每个岗位都需要有人来做，并无贵贱之分，只是社会分工不同而已，又何必苦苦追寻金字塔的顶层？总统的一生就一定比寻常百姓的一生更加幸福美满？

成长如树。像三毛所说，活着像一棵树，不依赖，不寻找，先满足自己。当自己完整，便不再欠缺。一半在尘土里安详，一半在风中飞扬。而我，亦愿成为一棵树，一半洒落荫凉，一半沐浴阳光。像树一样成长，像树一样生活。在沧海桑田的流光飞舞里，做一棵树，内心有坚定深厚的力量。

我缓缓起身，向着宿舍楼走去。从明天起，我要做个幸福的人，独立自主规划未来。从此，我心里有一片树林，面朝蓝天，笑靥如花。

（林怡）

又到秋叶飘落时

碧蓝的天空，笔直的大道，大道两旁金黄的银杏树，构成了北林秋天最美的一景。一阵秋风掠过，有几片镶着金边的绿叶翩然而落，北林的秋季，你又来了。

昔日的秋，曾带给我无尽的美；今日的秋，却增加了我忧伤的情怀。两年前，正是这个季节，我们从四面八方相聚在北林，从陌生走向相识，又从相识走到了相知，如今，却挥泪走向分别。只剩下我独自饮啜着无尽的思念，你们还好吗？我亲爱的朋友们。在梦中，似乎还在与你们共享欢乐，我真如庄周梦蝶不知是梦是真。

……

川儿，调皮鬼，在信里夹一张糖纸，说请我吃颗糖；蓉儿，在信纸上画一个大大的手，是让我再握一握你冰冷、潮湿的手吗？陆斯，老朋友般的叮咛、嘱咐我将永记心间……每个人的字里行间流露着那无尽的情谊，给我无尽的安慰与鼓励。虽然天各一方，但彼此的心仍在一起跳动。

又到了银杏飘落时，面对落叶，我绝没有林黛玉那种“阶前愁煞葬花人”的心情。我要把飘落的记忆寄给远方的朋友，我们仍会分享这一片金黄。

（子敏）

知山知水　树木树人

我们是绿色战士
人民的好儿女
为了祖国绿色事业
坚强又勇敢
尊重自然，追求真理
不怕风和雨

我们是绿色战士
人民的好儿女
知山知水，树木树人
到处是森林
在生态文明的旗帜下
科学向前进

（本校教师集体改词）

绿色不了情

风在诉说
山在倾听
有一个老人，祈愿水碧山青
云在诉说
海在倾听
那个老人，描绘山河丹青

苍山染绿，江河漓清
艺人情怀，身体力行
放眼神州，撑起群山坚挺
踏足天地，笑看华夏和鸣
笑容里
讲述庄严的生命

谁在诉说
心在倾听
有一响钟声，古老悠远宁静
天在诉说
人在倾听
那是林钟，穿越风雨前行

林钟声声，山鸣谷应
大河上下，鼓角联营
千敲万击，牢记绿色使命
千里万里，追寻你的身影
背影里
镌刻绿色不了情

（高斌）

山诺之歌

我们是新时代的学子
怀着满腔的热情
我们是绿色的守护者
有着对大山的承诺
背负着历史的嘱托
不畏那风雨艰险
雪山沙漠和高原
都留下我们的足迹
只希望黄河流碧水，赤地能变青山
世界充满绿色，地球不再有荒原

我们向希望放声歌唱
唱出心中的炽热
我们向万物尽情拥抱
将美好一切细心照料
保存着心中一团火
奔向那美好大自然
森林河畔和荒野
回荡着我们的欢歌笑语
只希望黄河流碧水，赤地能变青山
世界充满绿色，地球不再有荒原
朋友啊朋友，让我们携起手，
开创未来，谱写绿色之歌

（选自 2012 年 4 月 1 日第 467 期《北林报》）

甘替山河妆锦绣

山有乔松，尚德爱生，
坚韧挺拔铁骨铮铮。
隰有游龙，仰望长空，
知山知水笑迎凛冬。
厚我德，博我学。
遂我志，逐我梦。
甘替山河妆锦绣，
愿为神州舞春风。

尚学明理，知行合一，
踏实创新贯彻始终。
尊重自然，追求真理，
翠绿青松映照苍穹。
飞霜淅沥，绿艳不休。
务实求新善思笃行。
凌寒独开，暗香徐来。
树木树人永远不停。
愿为国土绘丹青，
甘为母校博芳名。
无山不绿，有水皆清。
守护自然保卫环境。
四时花香，万壑鸟鸣，
守护绿色保卫生灵。

（选自 2012 年 4 月 1 日第 467 期《北林报》）

我们成长

每一天
沐浴清晨洒落的缕缕阳光
每一天
迎接悄声吹拂的阵阵清风
散步在北林的林荫路上
享受着这份难得的宁静
我们都感到前所未有的愉悦
看，北林老师脚步匆匆
听，北林学子书声朗朗
闻，北林草地散发的幽香
尝，北林食堂无尽的美食
到处是鸟语花香
到处是欢声笑语
到处充满着自由和人文的气息
谁能像我们这样
徜徉在林木的海洋里
在黑夜白昼交替间
树叶成长，我们成长
谁能像我们这样
生活在北林的校园里
在寒来暑往更迭中
北林幸福，我们幸福

（选自 2012 年 4 月 1 日第 467 期《北林报》）

绿满家园看今朝

韧发自大觉，
林海曾读涛，
莘莘学子意气骄。
西峰道，丽水桥，
云山隐隐路迢迢。
且喜东风报花信，
春晖和煦惜寸草。
共叙年华一甲子，
绿满家园看今朝。

青山含秀色，
绿水激清音，
无限江山入胸襟。
松竹风，银杏雨，
风雨声声伴我吟。
今日播种苗初就，
明日嘉木秀于林。
国土万里谁描绘，
丹心写作锦绣屏。

（选自 2012 年 4 月 1 日第 467 期《北林报》）

在银杏大道上

邂逅了飘落的黄叶，
联想起原野的苍凉。
怀念带着忧伤，
徘徊在银杏大道上。
那一阵彷徨啊，
从当今彷徨到远古，
从园区彷徨到林莽。
那一阵惆怅啊，
从绿洲惆怅到荒漠，
从繁荣惆怅到衰亡。
那一阵疼痛啊，
生命在历经着坎坷，
自然在承受着创伤。
谁人来扶救林莽？
谁人来阻挡衰亡？
北林人，我们誓言担当！

采撷到饱满的白果，
延续那绿色的向往。
遐想载着希望，
行进在银杏大道上。
多么的洒脱啊，
从城市洒脱到乡野，
从林荫洒脱到沙荒。
多么的张扬啊，
从东北张扬到西南，
从沼泽张扬到山岗。
多么的自豪啊，
生命在逐渐地复苏，
自然在酝酿着风光。
谁人在消灭沙荒？
谁人在绿化山岗？
北林人，我们携手担当！

（选自 2012 年 4 月 1 日第 467 期《北林报》）

绿色之歌

你从燕山脚下走来，
一路开拓，一路高歌。
传播绿色文化是你的使命，
引领生态文明是你的气魄。
怀着碧水青山的梦想，
我们抚摸你的脉搏。
带着中华腾飞的向往，
我们采摘知识的花朵。

你从燕山脚下走来，
一路开拓，一路高歌。
传播绿色文化是你的使命，
引领生态文明是你的气魄。
大地的营养抚育树木的枝叶，
知识的甘露滋润我们的心窝。
替河山妆成锦绣，
我们走遍千山万壑。
把国土绘成丹青，
我们跋涉百川千河。
为中华复兴复兴，
我们奋发拼搏，奋发拼搏！

（选自2012年4月1日第467期《北林报》）

我是一棵树

当我还是一颗果实的时候，
习惯地依靠父辈的肩膀，
生长在宽厚的枝叶里，
吮吸它们的营养，
那时，总有阳光洒在脸上。

我一天天地长大，
冒出地面，我熟悉这里，
我曾经就生活在这里，
于是我探头，寻找太阳。

找到了生长的方向，
我努力让自己吸收更多光照，
抬起头，向上伸展。
寻找自我伸展的角度。
探寻自我生存的姿态。

不断地改变，
不断地向上，
我找到了我伸展的角度，
悟得了我生存的姿态。

（费俊杰）

后记 POSTSCRIPT

每年的秋天,都会让北林人想起校园里的银杏——金灿灿的叶子铺满了银杏大道，熙熙攘攘的师生乐此不疲地拍照。这是北林人独有的故事，更是心中那份绿色情怀的寄托。

半个多世纪以来，北林校园里的树木就这样随着岁月的变迁，凝聚了一代又一代北林人独具特色的文化精神。2017 年，恰逢北京林业大学建校 65 周年，学校党委宣传部首先推出了校园文化系列丛书中的《北林那些树》，讲述校园里树木的故事，抒发北林人对树的特殊情感，同时希望读者能从这些文章里，进一步了解北林的文化，感受北林人的家国情怀。

《北林那些树》通过调查整理，最终确定了 31 个树种。全书分为记忆、缘分、情怀三个篇章。有银杏、玉兰、国槐等 20 种树的生长故事,有梅花、合欢、花楸、刺槐等 11 种树的情感故事；还有一些学校师生和员工在报刊上发表过的有关树的散文、诗歌等优秀文章。

此书的编写得到了诸多北林人的帮助和支持。沈国舫院士推迟了去医院体检的安排，专门讲述他了解的北林有关树木的故事；陈世枢、俞玫两位老先生在炎热的夏天带着编写组去校园里确认树木的位置；冯梓豪及部分文章的作者为本书的配图提供了彩色图片；常在春、百奥生物学会的学生等为本书的文字整理提供了帮助……在此，感谢所有为此书做出贡献和付出努力的人们。遗憾的是，由于时间关系，校园里还有许多树的故事来不及收集整理，如有纰漏，希望读者谅解。

谨以此书献给我们亲爱的北京林业大学，以及那些爱这所学府的人们。

《北林那些树》编写组

2017 年 9 月